SOIRÉE ENTRE FILLES

RECUEIL DE NOUVELLES HEART FALLS
TOME 2

VIVIAN AREND

Traduction par
MYRIAM ABBAS

MESSAGE DE LA PART DE VIVIAN

Après les fins heureuses, *leurs* histoires continuent.

Une des choses fantastiques dans le fait d'écrire une longue saga familiale, c'est de pouvoir revisiter des personnages qui ont déjà trouvé leur bonheur. À nouveau, nous retournons à Heart Falls, seulement cette fois nous avançons un peu plus loin pour quelques histoires.

Cette collection contient aussi une **toute nouvelle** histoire courte pour Walker et Ivy Stone. Je suis vraiment ravie de pouvoir partager ce moment important de leurs vies.

Jetez un coup d'œil aux introductions pour voir où les histoires individuelles s'intègrent dans la série si vous voulez éviter les spoilers pour les livres que vous n'avez pas encore lus ! La page suivante indique un ordre de lecture si vous voulez vous assurer d'avoir lu tous les livres jusqu'ici. Mais j'admets que certaines histoires se chevauchent, alors parfois c'est un peu entremêlé. De plus, je fais quelques allées et venues entre les séries, alors si vous en avez raté, c'est le moment de rattraper votre retard !

Cette fois, j'ai aussi inclus la liste des personnages pour vous aider à vous souvenir des noms et des lieux.

J'espère que ces histoires vous feront sourire.

Avec toute mon affection, ainsi que celle de vos amis de Heart Falls.

GLAMOUR ET VÉRITÉ

La soirée entre filles est toujours une soirée spéciale. Cette fois, non seulement Julia Blushing profitera d'un moment en bonne compagnie, mais elle apprendra aussi quelques leçons sur la manière de rendre son homme heureux. Et à la veille du Nouvel An, Zach Sorenson aura un avant-goût particulier de la manière exacte dont elle a retenu cette leçon !

Avec : Hanna Ford, Tamara Stone, Karen Marlette, Lisa Coleman et Julia Blushing (alias : les quatre sœurs de Whiskey Creek et Hanna du *Joyeux Noël du pompier*).

Chronologie : Cette scène commence pendant ***L'Histoire rêvée d'une cow-girl***.

1

JULIA

Novembre, ranch de Lone Pine

— J'ai tous les éléments dont nous avons besoin, dit Hanna Ford en faisant un geste vers la pile de tissus sur la table de son salon. Seulement, cette étape-là n'est pas mon point fort. Je suis le genre de fille qui nettoie. Mettre la pagaille m'est un peu plus difficile.

Julia Blushing se mit à rire en s'avançant pour aider sa nouvelle amie. Depuis qu'elle était arrivée à Heart Falls au mois d'avril, elle avait eu largement le temps d'apprendre à connaître ses sœurs et certaines des femmes de la communauté.

L'activité de leur soirée entre filles, ce soir-là, promettait d'être révélatrice, de plus d'une manière.

Une semaine plus tôt, Hanna avait discuté avec Julia et suggéré d'organiser une séance photo de style boudoir. Elles avaient réfléchi à la façon de mener la séance d'une manière simple, en agissant comme leurs propres photographes. Quand elles avaient envoyé cette idée par e-mail à tous les membres du groupe, ainsi qu'une liste d'objets à apporter, le plan avait été accueilli avec enthousiasme. Quelques habituées ne pouvaient pas venir, mais celles qui pouvaient étaient emballées.

Brad, le mari de Hanna, ne connaissait pas les détails, mais il était volontiers sorti avec leur fille pour la soirée afin de leur laisser la maison pour faire des bêtises.

— Je peux m'occuper de cette partie-là, promit Julia. Termine de rassembler ce qui manque encore, toi.

— Tu veux dire la nourriture et les boissons ? Ça, c'est sous contrôle, dit Hanna.

— Sers-moi un verre, alors, parce que je pense que nous allons toutes avoir besoin de nous enfiler quelque chose avant de commencer.

Julia prit un des draps que Hanna avait laissés sur la table et commença à le déployer stratégiquement sur deux chaises et l'attacha aux rideaux comme toile de fond.

Elle avait à peine terminé lorsque Hanna lui tendit un grand verre rempli de glaçons et d'un liquide fruité.

— Tiens. Un mojito fraise. Pas très festif, mais au moins ce n'est pas de la tequila.

— Merci.

Julia se mit à rire avant de placer le dernier bord du drap entre deux coussins de chaise puis elle prit la boisson offerte et porta un toast :

— À une soirée *pleine* de rougissements.

Les joues de Hanna s'empourprèrent.

— Il semblerait. Mais puisque c'est volontaire, je ne peux m'en prendre qu'à moi-même.

Avant que Julia ne puisse répondre, l'entrée retentit de vacarme et d'exclamations.

— Bonsoir. On est entrées.

Un instant plus tard, les trois sœurs de Julia arrivèrent ensemble dans la pièce, la conversation enflant comme si elles étaient une douzaine. Tamara étreignit Hanna, Karen posa une brassée d'en-cas et Lisa se dirigea droit vers le tissu drapé, les mains posées sur les hanches tandis qu'elle l'examinait en détail.

— Faites comme chez vous, dit Hanna sans une trace de sarcasme.

Cette femme menue était toute douce et innocente, ce qui rendait d'autant plus drôle que ce soit elle qui ait trouvé le thème de la soirée.

Lisa tournoya sur elle-même en se frottant les mains.

— Je n'arrive pas à croire que ça nous ait pris aussi longtemps de faire une séance photos « boudoir ». J'ai tellement hâte !

— Ce sera amusant, acquiesça Tamara, mais faisons un pacte tout de suite. Toutes les photos restent privées à moins que *nous* ne choisissions de les montrer.

— Absolument, répondit Hanna en hochant sérieusement la tête. C'est entre autres à cause du prix que je n'ai pas engagé un vrai photographe, mais aussi parce que, même si aucune des photos qu'on va prendre avec nos téléphones ne s'avère géniale, on s'amusera quand même en faisant quelque chose ensemble.

Karen avait trouvé le pichet de boisson et servit tout le monde.

— Fais-moi confiance, il y a de fortes chances que nous ayons au moins quelques bonnes photos à la fin.

— Au diable les photos, dit Lisa avec emphase. Enfin, je suis d'accord sur le principe. Comme le matériau génial, les photos ne manqueront pas d'être superbes.

Elle engloba d'un geste les femmes autour d'elle.

— Mais tout l'intérêt du style boudoir est de célébrer notre splendeur et la sensualité absolue que nous incarnons.

— En d'autres termes, un *va-te-faire-foutre* à une société qui dit que mon corps après un bébé n'est plus appétissant ? demanda Tamara en souriant.

Elle s'était installée sur le canapé. Le reste du groupe se rassembla et se mit à l'aise.

— Tout à fait, acquiesça Hanna.

— Je dirais que j'ai une attitude plutôt saine concernant mon corps, et oui, j'ai hâte de célébrer ça. Mais je cherche aussi un beau cadeau de Noël pour Finn. Parce que non seulement ces photos vont me faire plaisir, mais j'espère vraiment qu'une ou deux lui plairont à lui aussi, dit Karen.

Tamara leva son verre.

— Alléluia, Hanna. Tu as résolu mon dilemme de Noël. Nos maris te remercieront *tous* plus tard.

— Oups, nous ferions mieux de virer Lisa, la taquina Karen. Elle n'a pas de mari.

Julia tint sa langue. Zach et elle étaient légalement mariés, mais leur véritable relation était beaucoup plus compliquée.

— Tais-toi. Ce n'est pas parce que vous avez décidé de vous passer la bague au doigt que ça veut dire que Josiah et moi devons céder à des normes sociales archaïques. Emménager ensemble pour de bon est un pas au-delà du mariage, sans paperasse qui exige que nous restions ensemble, dit Lisa en hochant fermement la tête avant de tirer la langue. Et toc !

Une nuée de rires secoua la pièce.

— Pendant un instant j'ai failli dire que c'était une réflexion incroyablement mature, mais il a fallu que tu révèles ton vrai visage à la fin, dit Tamara avec un petit rire désapprobateur, avant d'esquiver le coussin que Lisa lui lança.

— En parlant de sexe... commença Lisa.

Karen émit un rire moqueur et s'essuya la bouche en s'excusant.

— On *parlait* de sexe ?

— C'était inévitable à un certain moment, dit Lisa d'un ton pragmatique avant de se pencher en avant. Juste pour info, puisqu'apprendre toute ma vie est une de mes aspirations, j'ai trouvé un site internet extrêmement divertissant la semaine dernière : WowYes.

Julia et les autres marquèrent une pause tandis que Lisa se taisait.

— On t'écoute. Des super podcasts ? YouTube ? Une émission de cuisine ? Oh, attends. Tu as dit du sexe, dit Julia en faisant semblant d'être choquée. Tu nous envoies sur un site porno ?

— Oh, je n'oserais pas ruiner votre plaisir. Je pensais simplement révéler que je me suis inscrite. Josiah et moi essayons certaines des suggestions, et c'est vraiment trop d'infos, mais nom d'un chien, je me suis peut-être évanouie après mon orgasme l'autre soir.

Les joues de Hanna brûlaient assez pour réchauffer toute la pièce.

— Hum. Je suis contente pour toi ?

Tamara tapota Hanna sur le bras.

— Il faut de tout, chérie, et Lisa est vraiment du genre *extra*. Exhibitionniste, extravertie, extra excentrique.

— Hé, je ne me sens pas du tout concernée !

Lisa lança un clin d'œil devant sa repartie douteuse.

Tamara posa résolument son verre.

— Bon, quelqu'un doit bien commencer, alors pour lancer ce spectacle sur un sujet légèrement moins osé, je me porte volontaire. Laissez-moi aller me changer.

Elle se leva, attrapa un immense sac à main sur la table et se dirigea vers la salle de bains.

— Tu as une idée de l'endroit où tu veux poser ? lança Hanna derrière elle.

Tamara jeta un coup d'œil par-dessus son épaule avec un

sourire espiègle.

— Utilisons la cuisine.

Elle disparut, laissant Julia échanger un sourire confus mais joyeux avec les trois autres femmes.

— Eh bien, ça pourrait être intéressant, décida Julia tout en se levant, avant de sortir son téléphone. Hanna, as-tu trouvé des suggestions sur la meilleure manière de prendre des clichés ?

— Quelques-unes. N'utilisez pas d'affreux accessoires. Surveillez l'angle de vos clichés pour ne pas donner l'impression que le modèle est sur le point de basculer. Ne prenez pas des photos de trop loin, n'essayez pas de trop vous rapprocher. Essayez de ne pas couper un bras ou une jambe...

— C'est toujours une bonne suggestion quand on prend des photos dans une cuisine, plaisanta Lisa.

Elle écarta une des chaises de la table et du regard fit le tour de la pièce bien rangée.

— Je suppose que nous n'avons qu'à attendre de voir ce que Tamara a en tête, ajouta-t-elle.

La sœur Coleman numéro deux ne tarda pas à revenir. Ses cheveux bruns et lisses tombaient sur ses épaules, et une robe de chambre duveteuse recouvrait son corps ferme et longiligne.

— Je suis prête à faire mes débuts, les taquina Tamara.

Elle alla jusqu'à l'évier, fit volte-face et posa les mains sur le plan de travail de chaque côté de ses hanches.

Lisa avait sorti son téléphone, mais elle renifla d'un ton désapprobateur.

— Chérie, je déteste te dire ça, mais les instructions disaient d'apporter quelque chose qui te donnerait la sensation d'être, tu sais... *glamour*. C'est à ça que tu ressembles tous les matins. Je le sais bien, puisque j'ai habité avec toi pendant six mois.

— Je ne te le fais pas dire. Nous avons habité avec elle pendant des années, et elle a toujours ressemblé à ça le matin, la corrigea Karen.

— Sauf la fois où elle s'est retrouvée avec un désastre capillaire, nuança Lisa en secouant la tête, l'horreur se lisant sur son visage.

— Seigneur, c'est vrai !

Un frisson parcourut la poitrine de Karen.

— La frange. La frange était tout simplement…

— Oh mon Dieu, *taisez-vous*, dit Tamara en riant, et en repoussant ses lunettes carmin sur son nez avant de tourner son regard vers Hanna et Julia. Je m'excuserais bien pour ces deux-là, mais je ne suis pas responsable d'elles.

Hanna gloussa.

— Vous êtes terribles entre vous, mais il est clair que vous adorez ça. Ça me plaît.

Tamara lui lança un clin d'œil puis frappa fermement dans ses mains.

— Très bien. Assez de taquineries. C'est moi, qui célèbre ma génialitude, six mois après l'accouchement, un paquet d'années après mes dix-huit ans, dit-elle en tournant le regard vers Lisa. Et je te signale que si une partie de moi se sent puissante et entière, c'est que j'ai un mari extraordinaire et des enfants incroyables. Ils ne sont pas *ce que* je suis, mais ils ont rempli une partie de moi qui me rend heureuse. Et la robe de chambre le matin fait partie de tout ça.

— Je ne te le fais pas dire, sœurette ! lança Lisa avec enthousiasme. Éclate-toi donc avec ta robe de chambre en pilou pilou.

Tamara sortit son téléphone et lança une station country. Elle le posa sur le plan de travail à quelques pas d'elle avant de faire face au rassemblement.

— Nous y voilà. Vous me dites si j'ai besoin de changer de position, puisque je ne vois pas ce que vous voyez.

Elle laissa la robe de chambre s'ouvrir en s'appuyant contre le plan de travail. Elle avait la tête tournée vers la porte de la cuisine. Elle paraissait inviter du regard une certaine personne – dans son cas, Caleb – à faire des galipettes.

Sous la robe de chambre, elle portait un soutien-gorge push-up et un shorty, du même carmin que ses lunettes. Le contraste entre la robe de chambre et la lingerie en dessous montrait les deux faces d'une même pièce. Une mère volontaire et une femme qui savait pertinemment qu'elle était attirante pour l'homme de sa vie.

S'ensuivirent des rires et des sifflements admiratifs, et les joues même sans maquillage devenaient roses et éclatantes. Julia les aida à prendre des photos en suggérant à Tamara où se placer et comment prendre la pose.

— Oh, regarde celle-là, dit Hanna en s'avançant pour montrer son écran à Tamara.

— Bon sang. C'est sexy. *Je suis* sexy, dit Tamara avec un grand sourire avant d'en taper cinq à Hanna. Attends, je veux que vous en preniez quelques autres sans la robe de chambre, mais je pense que nous en avons de bonnes. Elles vont beaucoup plaire à Caleb.

Dix minutes plus tard, Tamara avait renfilé son jean et son T-shirt et faisait défiler les photos sur le téléphone de Karen pendant qu'elles attendaient que Lisa les rejoigne.

— Oh là, là !

Le chuchotement de Hanna s'attarda dans l'air.

Trois têtes se tournèrent et découvrirent Lisa qui entrait en se pavanant dans le salon comme si elle était dans un défilé de mode.

— Vous aimez ?

— Comment fais-tu pour ne pas te casser les chevilles ? demanda Tamara en pointant du doigt les talons aiguilles noirs qui devaient bien faire dix centimètres et qui ornaient les pieds de Lisa.

Julia avait une question encore plus pressante.

— Comment est-ce que ces bouts de tissu ne tombent pas ?

Lisa secoua les épaules, et les lanières noires qui lui barraient la poitrine en imitant un soutien-gorge suivirent le mouvement comme si elles étaient peintes dessus.

— Du scotch double face, avoua-t-elle.

Elle pivota en exhibant sa courte jupe noire et ses bas résille. Puis elle brandit le clou de son costume : un plumeau.

— Tu es sexy *et* tu me fais rire, releva Karen. Je ne savais pas que tu avais des fantasmes de soubrette française. C'est pour ça que tu voulais voyager ?

— Chut, dit Lisa d'une voix très digne avant de lui lancer un clin d'œil. Je suis comme Tamara. Je pense qu'une séance photo « boudoir » est une incroyable manière de célébrer notre confiance en nous, mais c'est aussi une très bonne occasion de faire quelque chose de sympa pour mon mec. Et au risque de trop en dire encore une fois, cette tenue va beaucoup plaire à Josiah. J'aime trouver des trucs qui le font sourire, dans tous les aspects de notre relation.

La chaleur envahit Julia. Elle avait commencé la soirée en pensant qu'il était merveilleux de rendre hommage à ses sœurs et à la féminité positive, mais à la vérité... elle avait Zach à l'esprit.

La situation entre eux prenait des allures de montagnes russes depuis deux mois et demi. Ils avaient encore un bon moment devant eux avant d'en avoir fini avec les conditions qui les liaient, mais passer du temps avec lui n'avait rien d'une corvée.

Entendre Lisa et Tamara parler de manière aussi décontractée de ce qui plaisait à leurs mecs lui faisait penser à Zach. À tout ce qu'il avait fait pour l'aider à gérer son monde qui changeait, pour l'aider à faire face à ses défis.

Qu'est-ce qui lui plairait ?

Julia chassa ses pensées pour le moment et retourna à la

soirée. Prenant des photos de Lisa, puis de Karen, qui ne quitta même pas la pièce pour se préparer pour sa séance.

Mais la plus âgée des filles Coleman les conduisit dans l'écurie toute proche.

— Nous avons besoin de la bonne ambiance en arrière-plan.

Karen défit les boutons du haut de sa chemise à carreaux et s'adossa au bois brut d'une stalle de chevaux.

Un caraco bleu ciel dépassait légèrement. Au fur et à mesure des photos, Karen défaisait lentement des boutons tandis que ses lèvres se relevaient en un sourire mystérieux.

Lorsqu'elle déboutonna son jean et retira complètement sa chemise, Hanna s'éventa de la main.

— Waouh. Vous êtes dangereuses. Et chaudes. Enfin, il fait chaud ici, non ?

Des rires résonnèrent autour d'elles.

— Eh bien, merci, dit Karen en lui lançant un clin d'œil. Bon, Hanna. Tu es prête à nous montrer ce que tu as ?

Hanna posa les mains contre ses joues et hocha fermement la tête.

— Si ça ne vous dérange pas, j'aimerais que les photos soient prises dans ma chambre.

Les quatre sœurs échangèrent des coups d'œil mais lui emboîtèrent le pas avec une étonnante retenue, remballant temporairement les taquineries. Il était clair que Hanna avait un plan et était déterminée à l'exécuter, quelle que soit sa gêne.

Lorsqu'elle sortit de la salle de bains, elle portait une chemise d'homme blanche, à l'évidence celle de Brad, et pas grand-chose d'autre.

— Hanna... dit doucement Tamara.

Les jeunes femmes se tenaient près de la porte de la chambre.

— Tu es vraiment magnifique.

Les yeux de Hanna étincelèrent. Ses cheveux bruns étaient ramenés sur une épaule et ses joues étaient rouge vif.

— Merci. Bon, avant que je ne perde mes moyens, on devrait commencer.

Elle rampa sur le lit puis s'assit, timidement au début. Les jambes collées, les mains enroulées autour de ses genoux. Cela prit un moment, mais lentement elle se détendit. Elle défit quelques boutons, serra un coussin devant elle avant de s'allonger et de sourire comme si Brad était présent.

— Tu es incroyable, lui assura Julia.

Elles continuèrent à discuter tranquillement pendant les instants animés qui suivirent. Finalement, elle hocha la tête vers Hanna.

— J'ai quelques clichés super.

— Moi aussi. Tu veux autre chose, chérie ? demanda Tamara.

Hanna s'agenouilla. Elle hésita, la froide assurance qu'elle avait rassemblée s'évanouissant derrière son rougissement.

— J'aimerais que quelqu'un prenne une photo – je n'arrive pas à croire que je dis ça – en étant allongé sur le lit.

— Tu veux que l'une de nous s'allonge ? demanda Karen.

Hanna ferma les yeux en hochant la tête. Elle prit une inspiration tremblante, puis chuchota précipitamment :

— Brad aime quand je suis au-dessus. Je voudrais lui offrir une photo dans cette position.

C'était un instant d'honnêteté si parfaite et un aveu tellement empli d'amour qu'elles n'éprouvèrent aucune gêne à entendre parler de leur intimité.

Lisa s'était déjà déplacée et se glissait sur le dos, son téléphone à la main.

— Brad est vraiment chanceux.

Hanna inspira profondément, et son embarras disparut laissant place à une pure et franche adoration.

— Il détient mon cœur. Il est tout pour moi.

Le silence régna dans la pièce pendant que Lisa prenait des photos.

— O.K., c'est bon. Non, attends, encore une chose.

Lisa tendit la main et attrapa un coussin avant de se redresser et de lancer à Hanna l'arme moelleuse dans un éclat de rire.

— Bataille de polochons !

Toute trace de la tension qui avait rempli dans la pièce disparut, et pendant que les oreillers volaient et que les rires s'élevaient, Hanna s'esquiva pour aller se rhabiller.

Lorsqu'elle les rejoignit dans le salon, elle étreignit chacune avant de lever le menton.

— Nous allons toutes oublier ce qui est arrivé, n'est-ce pas ?

Karen secoua la tête.

— Nous n'en reparlerons jamais, mais je n'oublierai jamais non plus. Hanna, trésor, tu étais prête à te rendre vulnérable pour donner à Brad quelque chose qui lui fera vraiment plaisir. Tu viens de me montrer un exemple d'amour à la hauteur duquel j'essaierai d'être quand il s'agit de Finn.

Hanna hocha vivement la tête en luttant contre ses larmes.

— D'accord. Mais n'en parlons plus, entendu ? C'est au tour de Julia.

Tant de choses se précipitaient dans l'esprit de Julia...

— Ça ne me prendra qu'une minute pour être prête, promit-elle.

Comme Karen, elle était venue préparée, portant déjà sa simple tenue.

Seulement, alors qu'elle retirait son pull pour révéler le débardeur blanc en dessous, son attention ne se concentrait pas sur les photos qu'elles étaient sur le point de prendre.

Elle voulait la photo pour elle-même. Mais qu'est-ce que *Zach* voulait ? Voulait *vraiment* ?

Julia avait une assez bonne idée de ce qui lui plairait. Quelque chose qu'il ne verrait jamais venir, et pourtant...

Elle était prête à essayer.

La première partie de la soirée se termina, et elles finirent dans le salon, faisant défiler les photos sur leurs téléphones et partageant les meilleures. Les rires, la camaraderie et l'impression d'être intimement liées en rendaient la soirée extraordinaire.

Mais la question qui trottait dans la tête de Julia demeurait. Était-elle prête à donner à Zach quelque chose qui le rendrait vraiment heureux ?

2

ZACH

Un mois plus tard. 31 décembre, ranch de Red Boot.

Zach se réveilla, momentanément désorienté. Il se redressa dans le lit, sa main glissant sur le creux dans les draps à côté de lui.

La place où Julia était habituellement couchée était encore chaude. Et comme les draps étaient repoussés au lieu d'être correctement tirés, ce qui n'était pas du tout son genre, il espérait que ce qui l'avait sortie de leur refuge douillet était éphémère.

— Jul ?

Sans rendez-vous, en dehors d'une réunion familiale ce soir-là, il n'y avait aucune raison de ne pas fainéanter au lit toute la matinée. En fait, Julia avait promis quelque chose dans ce genre-là quand ils étaient revenus de Hawaï la veille, si bien que son absence était doublement décevante.

La porte s'entrouvrit.

— Tu étais censé être encore endormi, râla-t-elle avant de pousser le chambranle avec son épaule, tasses de café à la main.

Zach changea de position et tendit la main pour l'aider.

— Je veux profiter des bêtises que tu as prévues pour ce matin.

— Alors ça devrait te réveiller, dit-elle en souriant. Bonjour.

Il savoura quelques gorgées puis soupira de satisfaction.

— Bon sang, c'est bon.

Julia s'appuya contre les oreillers avant de replacer les draps sur ses cuisses, redressant parfaitement le bord de la couette. Puis elle attrapa sa propre tasse et but aussi.

Zach la regarda. Il se passait quelque chose.

— Qu'as-tu fait ?

Elle écarquilla les yeux au-dessus de sa tasse. Elle la baissa, parfaitement innocente et réservée.

— Moi ? De quoi parles-tu donc ?

Oh non. Non seulement il avait passé les quatre derniers mois à apprendre à connaître Julia de manière très intime, mais ce picotement dans ses tripes était de retour. Il posa prudemment sa tasse avant de tendre la main vers celle que tenait Julia entre ses doigts et de la lui chiper malgré ses protestations.

— Hé, je n'ai pas fini !

Il posa la tasse à côté de la sienne sur la table de chevet puis roula vers Julia. Agenouillé au-dessus d'elle, leurs visages au même niveau.

— *Julia.*

Elle eut un petit rire moqueur, levant la main pour se couvrir la bouche.

Il allait devoir sortir l'artillerie lourde pour la faire avouer. Ainsi soit-il. Zach retira les draps, lui attrapa les hanches et la fit glisser de trente centimètres sur le lit. Elle se mit à rire lorsque les oreillers rebondirent, et il finit par piéger son corps sous le sien.

— Au temps pour une matinée reposante au lit avec mon café et un livre, râla Julia.

— Dis-moi ce que tu caches.

Il lui taquina le cou de ses lèvres et lui mordilla le lobe de l'oreille jusqu'à ce qu'elle en frissonne.

— *Zach.*

Sa voix était devenue rauque, sa respiration erratique.

— J'ai un cadeau pour toi, ajouta-t-elle.

Il poussa un cri de joie, écarta le débardeur qu'elle portait et révéla un joli sein.

— Je l'adore. C'est exactement ce que je voulais, dit-il un instant avant de déposer un baiser sur sa peau.

Les jambes de Julia s'enroulèrent autour de lui, ses doigts lui caressant les cheveux.

— Tu es terrible. Mais n'arrête pas. Tu pourras avoir ton vrai cadeau plus tard.

Zach n'en était pas si sûr. Elle était dans son lit. Elle soupirait joliment et hoquetait aux bons moments, le laissant la toucher, l'aimer, et la satisfaire...

Il n'y avait pas de cadeau plus réel que celui-ci.

Malgré tout, quand ils sortirent enfin du lit et se retrouvèrent à la table de la cuisine, Julia prit un paquet-cadeau et le plaça devant lui.

Il le regarda d'un air confus.

— Ce n'est plus Noël ni mon anniversaire. Et puisque j'ai eu exactement ce que je voulais pour mon anniversaire – toi – qu'est-ce que c'est que ça ?

Elle plissa le nez.

— Tu te souviens de la dernière soirée entre filles où je suis allée ?

Et comment !

— Je ne l'oublierai jamais.

Il lui lança un clin d'œil. Cette nuit avait mis le sexe au menu entre eux et avait mené à tellement plus.

Julia fit un geste vers le paquet-cadeau.

— Ça ne me paraissait pas approprié d'emporter ça chez tes parents à Hawaï. Je me sentais gênée de te le donner de toute manière, mais maintenant qu'il y a un *nous*, je veux que tu l'aies.

Sans plus tarder, Zach déballa un cadre avec une photo qui lui fit ravaler sa salive et fit bondir son cœur.

Elle provoqua aussi quelques réactions dans d'autres parties de son corps.

— Nom d'un chien, c'est superbe ! dit-il en levant les yeux. Tu es si sexy, putain.

Ses cils papillonnèrent un instant, pas comme si elle faisait semblant, mais comme si elle était vraiment ravie de sa réaction.

— J'ai trouvé qu'elle rendait bien, et je voulais la partager avec toi.

Sur la photo, elle avait les doigts passés dans les poches avant, les chevilles croisées, et s'adossait à une solide porte en bois qui avait l'air d'exister depuis le début du siècle dernier. Un jean bleu passé lui épousait les jambes, ce même jean, usé à en être terriblement doux, qui l'avait fait baver avant même qu'ils ne se mettent ensemble.

Un débardeur blanc moulait ses courbes, ses cheveux ruisselaient sur ses épaules. Elle regardait droit vers l'appareil photo, comme si elle défiait le monde. Cette attitude était sérieusement sexy, aucun doute là-dessus.

— Est-ce que j'admets que je suis un animal si je te dis que je peux voir tes mamelons et que je suis actuellement dur comme de la pierre ? demanda Zach en regardant de l'autre côté de la table.

Les lèvres de Julia s'incurvèrent.

— J'avais enlevé mon soutien-gorge, et il faisait un peu froid dans la pièce. Ce n'était pas du tout prévu et pourtant, oui, je suis d'accord. J'ai l'impression d'être une déesse quand je regarde cette photo.

Zach avait quitté sa chaise, la photo prudemment posée sur la table.

— Tu es une déesse. *Ma* déesse.

Il prit Julia dans ses bras et l'embrassa, dévoué à ses lèvres comme il voulait se dévouer à elle tout entière, de tout son être, pendant toutes les années à venir.

Ils se séparèrent enfin. Julia le tenait enlacé, souriant de plaisir.

— Bonne année, bébé, dit-elle.

Elle allait l'être. Ils avaient neuf mois à attendre jusqu'à leur mariage, et il y aurait des défis et beaucoup à apprendre. Mais tant qu'ils le faisaient ensemble, avec les amis et la famille à leurs côtés, tout s'arrangerait.

Il posa son front contre le sien et la regarda dans les yeux.

— Bonne année, mon amour.

Si vous n'avez jamais lu ce qui s'est passé *après* cette soirée entre filles, procurez-vous L'HISTOIRE RÊVÉE D'UNE COW-GIRL.

JOYEUX ANNIVERSAIRE, ASHTON

Ashton Stewart apprécie la présence de son neveu, à plein temps au ranch de Silver Stone. Peut-être que, maintenant, il va pouvoir s'employer à résoudre l'énigme de cette femme et de ses attentes. La femme impossible qui le fait si facilement tourner en bourrique. Sonora Fallen.

Seulement, même une soirée à fêter son anniversaire avec des amis ne peut l'effacer de ses pensées. D'autant plus que Sonora a déjà ses propres plans.

Avec : Ashton Stewart, Tucker Stewart, Luke Stone, Josiah Ryder, Gary Silver (le mécanicien et papa du *Vœu d'un soldat*) et d'autres. Sans oublier Sonora Fallen.

Chronologie : Cette histoire se passe en janvier durant *Le Ranch de l'amour*.

1

ASHTON

15 janvier, Heart Falls

Ashton Stewart lança un regard noir à son meilleur ami.

— Qu'est-ce que tu ne me dis pas ?

Le siège raide de la camionnette les malmena brutalement lorsque Gary roula sur une ornière, la neige n'étant pas assez épaisse pour lisser la mauvaise route gravillonnée. Son regard resta rivé droit devant lui, mais prit une expression amusée.

— Je ne sais pas de quoi tu parles.

— Menteur.

Gary Silver pressa une main contre son cœur tout en gardant de l'autre une prise ferme sur le volant.

— Tu me blesses.

— Sans hésiter s'il le faut, gronda Ashton.

Son ami eut un rire moqueur.

— Essaie toujours.

Bon sang. Ils étaient aussi terribles que le neveu d'Ashton

lorsqu'il se chamaillait avec les garçons Stone. Même si ces *garçons* avaient maintenant la trentaine et la quarantaine. Fichu passage du temps.

Exactement ce qu'ils étaient censés fêter aujourd'hui – le temps qui passait, puisque c'était l'anniversaire d'Ashton. Ça aurait dû vouloir dire qu'il avait le droit de mener la danse, mais avec ses amis, il n'y avait aucune garantie.

En voyant que Gary ne tournait pas sur la route conduisant au Rough Cut pour leur habituelle partie de billard accompagnée de bières, Ashton se contenta de soupirer et se cala dans son siège, croisant les bras sur son torse.

— Qu'est-ce que tu manigances ? marmonna-t-il. C'est *mon* anniversaire. Je pense que je mérite au moins qu'on me prévienne.

— Parce que tu ne sais plus aussi bien improviser ? le taquina Gary. Heureusement que tu as fait appel à Tucker pour t'aider à t'occuper de ton boulot. Tu es tellement décati qu'on va te mettre à la retraite avec tes vieux chevaux.

— Pourquoi sommes-nous amis, déjà ? demanda Ashton d'un ton grincheux.

— Parce que tu aimes bien que les gens t'en fassent baver et que tu regrettes vraiment que ça ne t'arrive pas plus souvent.

Le rire bas de Gary ne s'interrompit pas lorsque Ashton lui donna un coup de poing à l'épaule.

Maintenant, ils étaient passés devant tous les embranchements allant à Heart Falls en elle-même, ce qui laissait présager un trajet plus long vers une des villes voisines.

— J'espère que tu te souviens que tu m'as promis un dîner d'anniversaire, sonda Ashton. De préférence, dans l'heure qui vient.

— Fais-moi confiance.

Comme Gary n'élaborait pas, Ashton secoua la tête et

résista à l'envie de se plaindre comme une des enfants de Silver Stone l'aurait fait.

À la place, il se cala de nouveau contre le siège confortable de la camionnette.

— J'aime bien ta nouvelle bagnole, dit-il à Gary. Il faudrait peut-être que je me cherche aussi une nouvelle version.

Son ami laissa à nouveau échapper le familier grondement d'amusement.

— Ouais, les sièges chauffants sont une délicate attention pour nos corps décrépits.

On pouvait faire confiance à Gary pour aller droit au but.

Ashton hocha la tête.

— Et comment. Si on doit gérer des hivers en Alberta, au temps avoir de quoi apaiser la douleur de nos vieux os.

C'est toi qui penses être vieux.

Cette phrase – prononcée avec une intonation d'effronterie féminine qui ébranlait ses nerfs et lui emmêlait le cerveau – passa bien trop spontanément par la tête d'Ashton.

La source de cette raillerie ? Sonora Fallen. Pour Ashton, la numéro un pour...

L'ennuyer ? Le tenter ?

Y avait-il vraiment une manière de définir ce qu'ils étaient l'un pour l'autre sans rédiger un traité en trois tomes et un après-midi de libre ?

Comme souvent, Ashton était reconnaissant du silence agréable qui s'était installé entre son meilleur ami et lui. Il lui permettait de regarder défiler par la vitre les champs enneigés et de laisser dériver ses pensées embrouillées, parce que c'était le sujet dont il évitait de discuter avec qui que ce soit.

Sonora pouvait aussi aisément faire apparaître un sourire sur son visage que provoquer une réaction tout à fait physique ou embraser sa colère.

Dire qu'ils avaient une relation difficile était un euphémisme.

Dieu merci, ce soir-là, il s'agirait de s'isoler avec ses potes. Un homme avait besoin de ça, surtout quand la compagnie féminine dont il était gratifié n'était ni paisible ni même calme. Même si Ashton prévoyait de trouver un jour comment faire en sorte que Sonora et lui fonctionnent sans que leur tempérament colérique ne les emporte constamment, ce jour n'était pas encore arrivé.

Gary ralentit la camionnette, prenant prudemment un virage dans une allée inattendue.

Ashton se pencha en avant et jeta un coup d'œil sur la route fréquentée.

— Tu as besoin de quelque chose chez Josiah Ryder ?

— Ouais.

Ashton réfléchit un instant, puis poussa de nouveau un gros soupir.

— Maudits soient ces garçons. Voilà ce qui les a fait chuchoter dans les coins de l'écurie toute la semaine.

Gary haussa tranquillement les épaules.

— Je n'en sais rien, mais nous avons atteint notre destination pour la soirée.

Il lança un bref coup d'œil à Ashton avant de ramener son attention sur la route menant à la maison du vétérinaire local.

— Ne t'inquiète pas. Je leur ai fait promettre de ne rien faire qui implique des bougies sur un gâteau, des strip-teaseuses ou des trucs comme ça.

Tu parles. Ashton ricana.

— Ouais. Je m'éclaterais à vous voir expliquer à Lisa Ryder la présence de strip-teaseuses dans sa maison.

— Oh, elle s'inquiéterait plutôt que les soixante-cinq bougies déclenchent ses alarmes incendie, le taquina Gary.

Ashton leva la main et fit un doigt d'honneur à son ami.

— On croirait que la star du jour a droit à un peu de respect.

— Je ne vois pas pourquoi je commencerais maintenant.

— Ducon.

Mais Ashton l'avait dit avec affection.

Aussi inattendu que soit ce retournement dans la fête d'anniversaire, avancer jusqu'à la porte et découvrir que tout le salon était plein d'hommes de la communauté, à la fois de sa génération et de celle de son neveu, l'emplit de joie.

Son neveu était là, discutant avec le vétérinaire, et Tucker et Josiah s'avancèrent pour l'accueillir.

— Joyeux anniversaire, oncle Ashton.

— Joyeux anniversaire, Ashton, répéta Josiah avant de faire un geste de la main vers la cuisine, derrière le salon, où tout un tas de victuailles étaient empilées sur une table. Je leur ai fait promettre de ne pas chanter, alors commençons par manger...

— Et boire, ajouta Tucker obligeamment.

Josiah hocha la tête.

— Il faut absolument prendre un verre. Il est temps de célébrer cet anniversaire !

L'heure suivante ressembla en tout point à ce qu'Ashton aurait demandé s'il avait pu nommer le meilleur moyen possible de faire la fête. La nourriture était basique mais goûteuse, avec des hamburgers, des pizzas et une quantité massive d'amuse-bouche hautement caloriques. Tout ça en valait la peine, bien même s'il allait devoir augmenter ses exercices pendant les jours suivants pour compenser.

Mais il buvait son deuxième verre lentement. Des ailes de poulet, il pouvait les éliminer. Il ne savait pas ce que ces voyous lui feraient s'il buvait un coup de trop.

Chacun allait et venait dans la pièce, changeant de siège pour discuter avec d'autres personnes régulièrement. Ashton garda son amusement pour lui quand il se rendit compte qu'on le cantonnait dans un coin pendant que tout le monde se déplaçait et que des en-cas livrés avec régularité apparaissaient à côté de lui.

Un de ses potes habituels de soirée billard s'assit sur le canapé deux places plus loin, à deux places de lui, le repose-pied levé et une bière à la main. James soupira joyeusement.

— C'est vraiment sympa de ta part d'avoir un anniversaire en janvier. Ça donne une super raison de sortir.

Ashton lui lança un grand sourire.

— Je l'ai fait rien que pour toi, James.

James agita la main.

— Évidemment.

Il se pencha soudain en avant avec quelque chose de bien plus diabolique sur son expression.

— Je pense qu'on devrait s'associer pour la suite des divertissements de la soirée.

D'accord...

Ashton regarda son ami.

— Tu me caches quoi ?

James lui lança un grand sourire.

— Tu ne t'attends pas à ce qu'on arrête la fête après un hamburger et une bière, n'est-ce pas ?

Merde. Maintenant venait la partie de la soirée où Ashton ne savait pas s'il pourrait contenir les débordements. Il lança un coup d'œil dans la pièce vers la vingtaine d'hommes et calcula les probabilités que la soirée parte en vrille.

— Faut-il que je garde le numéro de la police montée sous la main si quelque chose arrive ?

Un bruyant éclat de rire échappa à James.

— Fais-nous confiance, dit-il d'un air assuré.

Ashton le regarda d'un air sarcastique.

— Vraiment ? Tu parles sérieusement ?

Avant que James ne puisse répondre, Tucker s'avança. Il frappa dans ses mains pour attirer l'attention de tout le monde.

— Si vous êtes suffisamment rassasiés, prenez un autre verre, et nous allons en venir au défi officiel de la soirée.

Un défi ?

Ashton se cala sur son siège et croisa les bras sur son torse.

— Tu ne penses pas à des jeux de gamins comme accrocher la queue à l'âne, n'est-ce pas ?

Un brouhaha parcourut leur assemblée d'hommes.

— Je t'avais dit qu'on ne pouvait pas le rouler, dit Luke Stone en agitant un doigt vers le neveu d'Ashton.

Eh bien, bon sang. Ashton plaisantait.

Il se leva et rejoignit Tucker, qui attendait pour le conduire plus loin dans la maison.

— J'espère que tu sais ce que tu fais, le prévint Ashton.

— On fête ton anniversaire d'inoubliable manière, lui lança Tucker d'un ton jovial.

En haut des escaliers, Ashton s'avança de deux pas dans la pièce puis marqua une pause, essayant de tout absorber. Il était déjà venu dans la grande salle, des années plus tôt, mais ce soir-là, avec le soleil déjà couché à l'horizon, ce ne fut pas la vue fantastique à l'extérieur des fenêtres du premier étage qui attira son attention.

Non, c'était la demi-douzaine de tables de jeux installées dans toute la pièce, avec des chaises autour de chacune. Au centre de chaque table se trouvait un des jeux d'enfance de Josiah.

— Allons, mon ami. Voyons d'abord si je peux te battre.

Gary pointa du doigt une table à côté d'eux où trônait une planche de morpion verticale.

Le chaos s'ensuivit.

Rires et cris régirent la soirée. Sur une table se trouvait le classique *Rock 'Em Sock 'Em Robots*[1], et les hommes qui jouaient avec le Blue Bomber et le Red Rocker auraient aussi bien pu participer à un championnat de boxe international, à en juger par les encouragements qui s'élevaient de la table.

Seuls les dépassaient en niveau sonore les hurlements venant de la table où la guerre des *Battling Tops* faisait rage. La toupie de Luke rebondit en dehors de l'arène et atterrit dans la bière de Tucker, et ils crièrent tous les deux, pour des raisons différentes.

Josiah avait même sorti le *Jenga* et *Kerplunk*[2], qui requerraient des mains plus stables que celles d'hommes venant de s'enfiler plus d'un verre.

Une heure plus tard, le visage d'Ashton lui faisait mal à force de sourire. Ils s'amusaient tellement avec d'absurdes jeux pour enfants que c'en était ridcule. Et les premières minutes avaient prouvé que pas un homme dans la pièce ne ressentait le besoin de sortir des bêtises machos.

Oh, la compétition était plutôt intense, mais rien qui impliquait de rouler des mécaniques, de jurer d'un ton colérique ou de se disputer franchement.

Non pas que ces hommes soient incapables d'en venir aux mains, mais après avoir passé ses journées à s'assurer que ça n'arrive pas au ranch, Ashton appréciait de faire une pause.

Tucker et lui firent équipe contre Luke et Caleb Stone devant la table de baby-foot dans ce qui ne pouvait être considéré que comme un combat à mort. Mains sur les poignées, ils tournaient, donnaient des coups de pied, criaient et se comportaient comme des gamins en overdose de sucre.

---

1. NdT : Jeu de 1966 dans lequel deux robots de combat (un bleu et un rouge) sont manipulés par les deux joueurs. Pour gagner, on doit réussir à faire tomber la tête du robot adverse de ses épaules.

2. NdT : Jeu de 1967, semblable au *Mika-Bille*, où il faut retirer le maximum de baguettes sans faire tomber les billes.

Tout bien pesé, Ashton estimait que c'était un anniversaire très réussi.

Plus tard dans la soirée, il laissa les jeux les plus turbulents et fit une pause. Mais ça ne voulait pas dire qu'on le ménageait. Ashton secoua la tête lorsque son meilleur ami lui porta le coup fatal.

— Ha, B8, et c'est la victoire pour moi, dit Gary, levant les poings en l'air et lançant un cri. Dis-le. Dis-le bien fort.

— Tu as coulé mon cuirassé.

Ashton se leva et donna une tape sur l'épaule de Gary en se dirigeant vers les escaliers.

— Surveille les troupes. J'ai besoin d'un peu d'air.

— D'accord.

Gary regarda la pièce puis agita la main vers un des jeunes hommes alors qu'ils remettaient les plateaux de jeu à zéro.

— Prépare-toi à être humilié, ajouta-t-il.

Ashton émit un petit rire pendant qu'il descendait les escaliers.

Un peu de calme était agréable après l'excitation et le vacarme de la fête. Il marqua une pause pour prendre un verre d'eau dans la cuisine, regardant par la fenêtre avec un sourire bête qui s'étirait sur son visage. Il avait de bons amis. Des gens bien autour de lui, et malgré tout ce qu'il ne possédait pas, il était heureux de fêter ses soixante-cinq ans sur cette terre.

Dans le jardin de Josiah, une silhouette fantomatique sortit de derrière un arbre. Mince, enveloppée dans un tissu qui flottait dans le vent hivernal.

Ashton fronça les sourcils et s'avança d'un pas vif vers la porte de la cuisine qui menait sur la terrasse. Qu'est-ce que Lisa Ryder faisait dans le froid habillée comme ça ?

Alors qu'il atteignait le bord de la terrasse, la silhouette monta précipitamment la rampe qui menait à la cabane des enfants, aux fenêtres de laquelle brillait une très faible lueur qui semblait celle d'une bougie.

C'est quoi ce bazar ? Ashton baissa les yeux vers ses chaussons et décida qu'ils feraient l'affaire pour l'instant. Il marcha prudemment sur la neige compacte vers l'escalier le plus proche, avançant dans la cour. La neige craquait légèrement sous ses pieds alors qu'il se dirigeait vers la cabane et que le froid glacial de janvier le caressait de ses doigts gelés.

Son téléphone vibra à l'arrivée d'un message, et il marqua une pause juste le temps de le sortir et de jeter un coup d'œil à l'écran.

Sonora.

2

SONORA

Sonora savait exactement ce qu'elle voulait offrir à Ashton pour son anniversaire. Ils étaient tous deux assez vieux et suffisamment bien établis pour que les *objets* ne soient pas toujours la bonne réponse.

Étant donné qu'ils avaient une relation décousue... Ha ! Même appeler ça une relation était pousser un peu loin.

Non. Ils avaient bien une relation, pourtant, même après toutes ces années, y donner un nom restait impossible. Une sorte d'amitié. Des amants secrets, bien sûr. *Une nuisance persistante* était tout aussi exact.

Mais même si *ce* qu'ils avaient était encore incertain, les événements marquants méritaient d'être célébrés. Sonora en avait fait une règle de vie, et elle n'allait pas gâcher ça maintenant.

Les plans élaborés de Tucker pour détourner la fête d'anniversaire de son oncle et en faire une soirée entre hommes étaient brillants. Ce qui rendait un peu plus difficile d'offrir son cadeau à Ashton – et alors ?

Elle n'avait jamais été du genre à reculer devant un défi.

Il lui avait fallu trois voyages pour apporter tout ce dont elle avait besoin à la cabane, et encore, seulement parce qu'elle avait convaincu Lisa d'installer l'élément clé plus tôt dans la journée, ce qu'il lui aurait été logistiquement impossible de gérer toute seule.

Cela avait exigé de mettre Lisa dans la confidence, mais la jeune femme semblait déjà savoir tout ce qui se passait dans la communauté, de toute façon... d'une manière ou d'une autre.

Lisa savait aussi comment garder un secret, talent que Sonora appréciait. Surtout pendant qu'Ashton et elle continuaient leur valse hésitation.

Un jour, ils trouveraient une solution. Avec un peu de chance.

Il vaudrait mieux.

Sonora approcha une allumette de la bougie près d'elle puis tendit la main vers son téléphone. Parvenir à isoler Ashton pendant un moment était la seule partie de la soirée dont elle doutait.

C'était bien beau de préparer une surprise pour lui, mais le connaissant, il avait pu tout aussi facilement laisser son téléphone chez lui ou vider sa batterie. Ashton et la technologie, c'était si agaçant !

Pourtant, elle ne pouvait tout simplement pas se passer de lui.

Elle inspira profondément, repoussa ses frustrations et croisa les doigts.

Sonora : Joyeux anniversaire. Tu t'amuses ?

Elle regarda fixement son téléphone, attendant de voir si elle aurait la moindre réponse.

Le bois craqua dehors. Elle releva brusquement la tête

lorsque la porte de la cabane s'ouvrit, et il était là. Ashton, une ride entre les sourcils alors qu'il l'examinait.

— Sonora ? Qu'est-ce que c'est que ce bazar ?

Elle jeta un coup d'œil à son téléphone, puis releva les yeux vers lui, totalement perplexe pendant un instant, avant d'être saisie d'amusement.

— Eh bien, j'espère avoir une réponse aussi rapide la prochaine fois que j'enverrai un texto.

Il referma la porte derrière lui tout en se baissant légèrement, parce que le toit de la cabane était plus bas que son corps de 1,88 mètre.

— Qu'est-ce que tu fais ici ?

Son regard se promena dans l'espace de 2,50 mètres sur 2,50 alors qu'elle se mettait à genoux et tendait la main pour attraper la sienne.

— J'attendais de t'offrir ton cadeau d'anniversaire.

Elle le tira, et le geste inattendu le fit tomber à genoux sur le matelas près d'elle, qui se balança légèrement alors qu'il cherchait à retrouver l'équilibre.

— *Sonora.*

Il perdit la bataille quand elle poussa ses épaules puis se déplaça rapidement pour s'installer à cheval sur lui. Elle sourit et examina la surprise et la passion qui se lisaient dans ses yeux.

— Je sais. Tu fêtes ton anniversaire avec tes amis. Loin de moi l'idée de te déranger.

Il posa les mains sur ses hanches, et prit une expression amusée.

— Le fait que tu sois là, avec ce qui semble être un lit et des intentions douteuses, est l'exacte définition du dérangement.

Sonora pressa les mains sur le torse d'Ashton, se pencha et laissa ses cheveux tomber autour de son visage en se rapprochant. Plus près, jusqu'à ce que ses lèvres frôlent les siennes.

— Des intentions *douteuses* ? J'aurais espéré qu'elles étaient plutôt évidentes.

Il glissa une main sur son dos et mêla ses doigts à ses cheveux. Tirant légèrement, il ajusta l'angle pour pouvoir l'embrasser, et posa ses lèvres fermement sur les siennes tout en prenant le contrôle. La chaleur entre eux était intense et s'élevait rapidement, comme toujours.

Un instant plus tard, il les fit rouler l'un sur l'autre.

Sonora leva les yeux vers l'homme qui représentait tellement pour elle et pourtant se tenait de l'autre côté d'une ligne infranchissable. Ils trouveraient un moyen de la contourner, mais pour l'instant, ils avaient un délai à respecter.

— Joyeux anniversaire, cow-boy. Faisons une chevauchée.

3

———

ASHTON

Ashton marqua une pause au pied des escaliers. Il prit plusieurs longues inspirations avant de retourner à la fête qui battait toujours son plein. Le miroir dans le couloir lui montra un visage à l'expression bien plus détendue qu'une heure plus tôt.

Un homme qui venait de recevoir un présent inattendu mais de délicieusement raffiné.

— Te voilà.

Gary descendit les escaliers, une étincelle dans les yeux, les bras remplis de bouteilles de bière vides.

— J'ai enfin réussi à chasser les gamins de la table de billard. Prêt à te faire tondre ?

— C'est mon anniversaire. Tu sais que je vais te botter les fesses, répliqua Ashton en tendant la main pour aider Gary avant qu'il ne laisse tomber quelque chose.

Gary le charria. En un rien de temps, tous deux retournèrent à l'étage, en plein tapage et brouhaha. Personne ne demanda à Ashton où il était passé pendant une heure, la fête ayant très bien continué sans lui.

C'était un anniversaire mémorable. Même se faire battre à plates coutures par Gary et James ne put ternir la soirée d'Ashton.

Quand il fut temps de se dire bonne nuit, Ashton étreignit son neveu, puis lui tapa fermement dans le dos.

— C'était une idée des plus étonnantes mais elle s'est avérée géniale.

— On s'amuse toujours dans la maison Ryder, dit Josiah en s'avançant aussi pour leur souhaiter une bonne nuit.

Pendant une seconde, Ashton se demanda si le jeune homme avait une idée de ce qui s'était passé dans la cour de la maison Ryder.

Mais seul un sourire innocent se peignait sur le visage de Josiah quand Ashton lui serra la main.

— J'apprécie.

— Tout le plaisir est pour moi.

Ashton retourna dans le froid et grimpa dans la camionnette près de son ami. Ils se sourirent comme des gamins avant que Gary ne démarre pour rentrer. Au ranch où Ashton avait des racines profondes et une bonne famille.

Ils étaient presque arrivés chez Ashton quand Gary brisa le silence.

— Tu vois bientôt Sonora ?

Une image d'elle plus tôt dans la soirée apparut, les cheveux étalés sur l'oreiller, les joues roses, les lèvres gonflées sous ses baisers.

— Un de ces jours.

Son ami émit un son bas.

— Bien. Je sais que tu ne veux pas en parler. Mais tôt ou tard, Stewart, tu vas devoir prendre une décision sur ce que tu fais avec cette femme. Et j'espère qu'elle sera intelligente.

Ashton regarda par la vitre alors que les lumières de Silver Stone se reflétaient sur le sol enneigé et étendait de toute part un paysage étoilé. Un endroit magnifique, un endroit où il était chez lui depuis très, très longtemps.

Un endroit où il manquait toujours... *quelque chose.*

Quelqu'un ?

Une décision sur ce qu'il faisait avec Sonora ? Apparemment, Ashton essayait de la prendre depuis plus de quinze ans.

Intelligente ? L'année prochaine, il allait sérieusement essayer.

Si vous avez envie de découvrir comment l'histoire d'Ashton et Sonora se conclut, BAISER POUR UN RANCHER est le dernier livre de la série de Noël à Heart Falls.

FACÉTIES À LA CASERNE DES POMPIERS

La soirée entre filles implique toujours des rires et de l'amitié, mais cette fois-ci, il y a des changements de dernière minute. À cause du gel et de températures extrêmes, la fête prénatale de Madison Zhao est combinée au rassemblement des hommes à la caserne des pompiers. Le résultat final est une surprise inoubliable pour Ryan.

Avec : Madison, son ventre rond et Ryan. Ainsi que la plupart des personnages de la série de Noël à Heart Falls, plus Ginny Stone, Tucker Stewart et Luke et Kelli Stone.

Chronologie : Cette histoire se déroule presque immédiatement après ***Un rêve de cow-boy***.

1

MADISON

29 décembre, Heart Falls

À peine une minute après le début de la vidéo, les rires s'élevèrent parmi les amies, mais Madison les calma d'un geste de la main.

— Mince. Qui a la liste de ce dont nous avons besoin ? Brooke, est-ce que tu l'as écrit ? Hanna ?

— Je recule, dit Yvette en faisant glisser la souris sur le clavier et en rembobinant légèrement la vidéo Youtube. Prête ?

Brooke leva son stylo comme si c'était une épée.

— Les méfaits sont sur le point d'être accomplis.

Yvette appuya sur *Lecture*, et les quatre femmes se penchèrent toutes pour regarder avidement la vidéo de démonstration.

— Des bandes de plâtre. Appliquez-la sur les parties du corps intactes. Je peux voir ce projet déclencher toutes sortes de problèmes futurs, dit Hanna en pâlissant légèrement.

— Et de la vaseline. Ou du beurre de cacao. *Hmm*, fit Madison en se mordant la lèvre inférieure pour retenir un commentaire salace.

Heureusement, Brooke était plus que partante pour le faire à sa place.

— Vous vous rendez compte qu'à ce stade les mecs diraient qu'ils devraient pouvoir se joindre à nous. Faire leurs *propres* moulages corporels. Même si je doute qu'ils suggéreraient leurs *ventres* pour la partie du corps en question.

Elle toussota.

Des ricanements résonnèrent dans la pièce.

Madison et ses amies se préparaient pour leur soirée entre filles mensuelle, qui ce mois-ci était devenue une sortie commune et une fête prénatale. Et même si elle était très excitée de l'arrivée de son bébé dans les deux semaines à venir, Madison voulait vraiment que le rassemblement soit pour elles *toutes*, sans être au centre de l'attention.

Malgré tout, elle avait une requête très centrée sur elle que tout le monde pourrait apprécier. Voilà pourquoi ses amies l'aidaient en ce moment même dans ses recherches et son projet de mettre sur pied un événement amusant et mémorable.

— Les femmes font des moules de leurs ventres et de leurs seins. Les mecs font des moules de leurs qu...

Le mot disparut sous les gloussements d'Yvette.

— Voir ça dans ma tête, c'est dangereux, termina-t-elle.

Brooke continuait à regarder, lisant les instructions.

— Ça dit qu'après avoir appliqué les bandes sur le torse, ça prend vingt à trente minutes pour sécher complètement, expliqua-t-elle en haussant les sourcils. Je me demande. Est-ce qu'un mec peut rester au garde-à-vous aussi longtemps sans davantage... *d'attention* ?

Son grand sourire était contagieux.

— Tu es infernale, ricana Madison.

— Vous avez besoin de quelque chose, là-dedans ?

Ryan, le mari de Madison, passa la tête par la porte de la chambre du bébé, où les femmes étaient rassemblées.

Yvette posa une main contre sa bouche. Les joues de Hanna devinrent rose foncé.

Seule Brooke garda son sourire insolent.

— Nous devrions poser notre question brûlante à Ryan. Il saurait peut-être.

— Je saurais quoi ? demanda Ryan en toute innocence.

— Peu importe, dit Madison en riant, poussant l'épaule de Brooke. Tu es terrible.

— Elle est terrible, mais nous l'aimons, dit Ryan, l'air amusé. Je devrais savoir qu'il vaut mieux ne pas entrer dans la pièce quand je suis en infériorité numérique. Revenez dans le salon quand vous serez prêtes. Les filles ont presque terminé de faire la première fournée de biscuits.

— Nous n'en avons plus pour longtemps, lui assura Madison en lui envoyant un baiser.

Il fallut quelques minutes pour que deux d'entre elles fassent la liste de course, pendant que les deux autres envoyaient des textos pour avoir un premier décompte sur qui voulait participer à la soirée.

— Nous avons un oui de Kelli, Rose et Tansy. Ginny dit *peut-être*, déclara Hanna en tendant la liste.

— Du matériel pour huit, alors, dit Brooke en hochant la tête. Je serai à Calgary demain. Mack et moi prendrons tout ce dont nous avons besoin.

Hanna avait l'air un peu inquiète.

— Tu penses que nous pourrons toutes faire un moule le même jour ? Ça va demander de la place, et d'après ce qu'on a entendu, ça risque d'être salissant, alors ce n'est pas une activité à faire dans le salon.

Brooke agita la main.

— Nous nous retrouvons dimanche après-midi, cette fois, alors nous pourrons utiliser le garage. C'est assez vide à cette période de l'année, donc je suis sûre que ça ne dérangera pas mon père. J'accrocherai de vieux rideaux aux fenêtres pour que ça reste parfaitement privé.

Madison se mit à rire en rejoignant les autres dans la cuisine. L'odeur chaude des cookies au beurre de cacahuète la fit saliver. Elle marchait lentement. Le poids de son ventre alourdi par un bébé l'entraînait vers le bas plus que d'habitude.

— Ça serait bien d'avoir de l'intimité, étant donné que nous prévoyons de nous mettre en sous-vêtements et de nous couvrir de plâtre.

Talia, sa fille de cœur, se précipita vers elle.

— Un câlin pour le bébé, insista la jeune fille de douze ans.

Madison resta immobile et se laissa étreindre par la préadolescente. Elle posa la main sur la tête de la jeune fille et sourit lorsque Talia se pencha pour murmurer à son ventre. Elle avait pris cette habitude après avoir entendu qu'elle allait devenir grande sœur, et Madison devait retenir des larmes de bonheur à chaque fois que ça se produisait.

Le reste de la journée passa rapidement avant que ses amies ne partent avec la promesse de discuter, tout excitées pour la vraie réunion du 2 janvier.

Seulement, lorsque le dimanche matin arriva, Ryan affichait une expression bien trop inquiète à la table du petit déjeuner.

— Chérie, je ne veux pas gâcher ton plaisir, mais le temps a officiellement pris une mauvaise tournure.

Elle avait regardé par la fenêtre pendant un bon moment. La veille, la neige était tombée doucement pendant des heures, belle comme tout. Avant qu'ils n'aillent se coucher, la neige fraîche formait une couche épaisse dans leur cour et s'empilait sur les piquets de clôture comme de mini-bottes de foin.

Maintenant, le vent soufflait en tournoyant, et le blizzard couvrait tout le sud de l'Alberta.

— Nous ne serons pas dehors. Ça va aller.

Il secoua la tête.

— Mack et moi étions en train de discuter hier soir quand la température a brusquement chuté. Le garage ne sera pas assez chaud pour que vous vous déshabilliez et que vous colliez des bandes adhésives sur vous. Pas sans risquer que quelqu'un tombe malade.

La déception l'envahit.

— Je suppose que je vais devoir faire autre chose avec mes amies. Mais il faudra que tu m'aides, parce que je veux vraiment avoir un moule de mon ventre pendant que je suis large et rayonnante. Et avec un peu de chance, ces jours sont comptés.

Il se pencha en avant et l'embrassa.

— Tu es toujours magnifique et rayonnante, et bien sûr, je t'aiderai. Mais j'ai une autre suggestion. Mack et moi avons vérifié auprès de Brad, et il a dit que vous pouviez utiliser la caserne des pompiers pour votre journée entre filles. À l'étage, dans la salle commune. Vous serez au chaud, les sols sont faciles à laver et tout le monde sait comment y aller.

Ses yeux étincelaient d'un air taquin.

L'espoir revint d'un coup chez Madison.

— Merci de prendre soin de nous. Je suis si contente que nous puissions le faire !

Il lança un clin d'œil à Talia.

— Ce que je n'ai pas dit à ta maman, c'est que pendant qu'elle passe du temps avec ses amies, tu pourras passer du temps avec les tiennes. Tu veux venir à la caserne avec nous ?

Talia cria de joie, tout excitée.

— Tu viens aussi ?

Madison fut frappée par l'image soudaine d'un moule en

plâtre plutôt osé que Brooke avait suggéré et dut retenir un sourire.

Il lui lança *un regard*.

— Il fait presque moins quarante, et c'est sans prendre en compte la température ressentie. Je ne te laisse aller *nulle part* sans moi. Traite-moi d'homme des cavernes, mais si tu veux que ça se fasse, je suis ton conducteur attitré.

— Bien.

Le soupir de contentement de Ryan valait la peine de capituler.

— Mack conduit Brooke. Et Brad amène Hanna et les enfants. Alex dit qu'Yvette et lui passeront au Buns and Roses pour prendre les sœurs. Et Ginny... eh bien, je ne sais pas lequel va vraiment conduire, mais selon Tucker lui, Luke et Kelli seront là aussi, et qu'ils emmèneront Emma pour jouer avec Talia.

Madison se mit à rire.

— Alors ce que tu dis, c'est que vous avez une réunion entre *mecs* aujourd'hui. Avec les enfants, hein ?

— Avec les enfants, lui assura-t-il. Ils resteront avec nous, et vous aurez toute l'intimité que vous souhaitez entre femmes.

C'était une merveilleuse solution.

Tandis qu'ils se préparaient pour sortir tôt dans l'après-midi, elle put difficilement lui en vouloir pour sa prudence. Son manteau ne se refermait plus sur son ventre, et lorsqu'il fit reculer leur fourgonnette hors du garage, le vent dehors hurlait assez fort pour lui mettre les nerfs à vif.

L'intérieur de la caserne était chaud et offrait un décor familier à la plupart d'entre eux. Madison laissa son mari et sa fille derrière elle, au rez-de-chaussée de la caserne, où les autres enfants jouaient déjà près d'un des camions.

Les pompiers volontaires de garde sourirent et lui firent signe de la main lorsqu'elle passa, mais la plupart étaient plus concentrés sur un puzzle posé sur la table. Un seul se leva et s'approcha pour lui dire bonjour.

Charity Gruzing lui lança un clin d'œil joyeux.

— Amuse-toi bien. Si jamais nous recevons un appel, vous pourrez rester pour terminer. Brad m'a assuré qu'il y avait suffisamment de personnes supplémentaires ici, alors détends-toi et profites-en.

— Merci. Je suis contente de l'entendre, répondit Madison en lui donnant le paquet qu'elle avait préparé à la maison. Tiens. En remerciement pour avoir abandonné ton nid douillet à notre profit. Je t'ai préparé des biscuits.

Charity s'humecta les lèvres et émit un murmure appréciateur.

— Nous garderons ça entre nous, d'accord ?

— Tu nous caches des délices ? entendit-on un des autres volontaires s'exclamer d'un ton rieur. Merci, Maddy.

— Merci à *vous*, répondit Madison par-dessus son épaule alors qu'elle se dirigeait vers la pièce arrière.

Un cri d'encouragement lui répondit.

Toutes ses amies étaient déjà rassemblées, et Madison fit de son mieux pour se déplacer avec aisance en les rejoignant. Sa tentative ne fut pas très concluante. On aurait dit que le bébé avait changé de position depuis ce matin, et le seul moyen d'avancer était de marcher comme un cow-boy qui serait resté en selle pendant des jours.

Brooke et Yvette affichèrent un grand sourire, échangeant un coup d'œil avant d'indiquer à Madison la chaise d'honneur. Décorée avec des ballons et des banderoles.

— Assieds-toi, et nous te donnerons un verre, ordonna Brooke, toujours avec un grand sourire.

Madison lui lança un regard assassin.

— Vous parliez de mon dandinement, n'est-ce pas ?

— Oui, avoua Brooke. Parce que je n'ai jamais vu quelqu'un

rendre un dandinement aussi mignon que toi. Même pas Hanna quand elle était enceinte de Drew.

— C'est la vérité, dit Hanna. Je suis tellement petite que j'avais l'air sur le point de chavirer à tout instant. Brad ne cessait de me menacer de scotcher des coussins tout autour de mon corps.

Brooke hocha la tête.

— Quant à moi, je m'attends complètement à marcher pesamment comme un éléphant. Ce qui ne sera pas mignon.

Amusée, Madison observa et discuta pendant que ses amies coupaient les bandes de plâtre en sections. Elle profita d'une assiette de gourmandises que Tansy lui apporta, mais refusa le jus de fruit.

— Si nous devons bientôt faire le plâtre, je ne bois pas. Je dois déjà aller aux toilettes toutes les cinq minutes.

— Alors fais un arrêt au stand, et on commence, dit Ginny en frappant dans ses mains. Nous travaillons en équipes. Les bâches et les draps sont tous en place, et Tansy et moi allons préparer l'eau.

Madison revint des toilettes et s'installa sur sa chaise. Hanna, Ginny et Rose étaient aussi dans la première tournée, les quatre chaises placées avec le dos au centre.

— De l'intimité, mais nous pouvons quand même parler, dit Hanna en hochant la tête. Ça me plaît.

Même si Madison ne se souciait pas particulièrement que tout le monde voie son ventre, elles faisaient toutes des moules pour leur torse, ce qui voulait dire qu'elles finiraient par retirer leur soutien-gorge. Si cela permettait qu'elles soient toutes plus à l'aise, être dos à dos lui convenait. Son ventre se serra, le bébé protestait en poussant vers le haut.

Yvette sourit en s'agenouillant près de la chaise de Madison.

— Il s'agite, aujourd'hui.

— J'espère juste qu'il ne plantera pas encore ses deux pieds dans mes côtes pour faire des claquettes. Ni sur ma vessie, dit Madison.

— Allons-y. Puisque nous avons ta vessie comme chronomètre à battre.

Elles lui couvrirent le ventre d'une épaisse couche de vaseline avant qu'Yvette ne commence. L'eau était chaude, et chaque bande qu'elle posait sur le ventre de Madison en quadrillage la picota brièvement.

Le bébé s'agita un peu mais sembla surtout cloué sur place, surtout aussitôt que le moule commença à durcir.

— C'est très bizarre, remarqua Rose. C'est comme si j'avais des muscles abdominaux qui se mettaient en marche volontairement.

— Ça me rappelle les fausses contractions, dit Hanna.

— Ouais, dit Madison en tournant la tête vers Brooke, qui travaillait sur le moule de Hanna.

Brooke n'était enceinte que de quatorze semaines.

— Tu vas adorer ça, continua Madison. J'en ai depuis deux semaines. J'ai proposé Ryan de se servir de mon ventre pour jouer de la batterie, tellement il est tendu. Comme des abdominaux involontaires, surmultipliés.

L'alarme incendie se déclencha, et Madison se raidit.

— Respire, mon chou, recommanda Yvette. Kelli, tu veux bien aller voir ce qui se passe avant que notre maman ne saute au plafond ?

— Pas de problème, répondit Kelli en posant une main sur l'épaule de Ginny. Arrête d'essayer de mettre les bandes toi-même. Je reviens tout de suite.

L'alarme s'arrêta un instant après que Kelli eut quitté la pièce.

Madison prit une profonde inspiration puis expira lentement.

— Charity m'a dit qu'ils avaient tout le personnel ce soir, alors nous pouvons continuer.

— Absolument, dit Yvette. Prête pour la prochaine étape ? Alors ne regarde pas. Je m'occupe de tes seins.

Madison et les autres ricanèrent, et l'activité reprit. Surtout lorsque Kelli, qui s'était dépêchée de revenir, se remit au travail.

— Les gars disent que ça va. L'autopompe a été appelée pour un accident sur la voie rapide. Pas de victimes, mais un camion-citerne a glissé dans le fossé. Les dépanneuses veulent des renforts en cas de problème.

Ça restait dangereux, mais une situation contrôlée valait mieux qu'un franc incendie.

— J'envoie des pensées positives à tous ceux qui sont en intervention, dit Madison doucement.

La musique d'ambiance reprit, et moins de cinq minutes plus tard, des annonces commencèrent.

— Nous avons terminé, dit Tansy. Rose n'a pas autant de ventre que Madison. Oh, et pas autant de poitrine non plus.

— Tu es une enquiquineuse, marmonna Rose, mais elle se mit à rire. Retourne ma chaise pour que je puisse voir tout le monde pendant que je sèche.

— J'ai presque fini, lança Kelli. Ginny a trois fois plus de poitrine que Rose.

— Tu attires les ennuis, purement et simplement, lança Ginny à sa belle-sœur. J'en ai *quatre* fois plus, si tu veux être exacte.

— Mes pauvres seins se sentent attaqués, avança Rose.

— Heureusement que tu as une armure.

Ça venait de Hanna, dont Brooke faisait tourner la chaise.

Les quatre femmes couvertes de plâtre échangèrent des coups d'œil, et des rires retentirent dans la pièce. Le plâtre blanc les recouvrait des clavicules aux hanches, soulignant bosses et courbes dans toute leur variété.

— Vous êtes incroyables, insista Yvette. Et oui, vous avez des formes très différentes, mais les différences sont magnifiques. Quelle belle manière de célébrer le corps humain !

Madison était entièrement d'accord. Le plâtre refroidissait, et elle avait maintenant l'impression qu'une carapace de tortue recouvrait son abdomen et sa poitrine. Elle regarda Brooke au-dessus de son ventre rond.

— Nous allons devoir recommencer pour toi quand tu seras proche d'accoucher.

— Ça fera une chouette comparaison, dit-elle en regardant sa montre. Un en-cas, les filles ? Vous ne pouvez pas beaucoup bouger, mais vous pouvez grignoter des biscuits.

Mais lorsque le plateau fut offert à Madison, elle le refusa. Elle ne savait pas si ça venait du bref pic d'adrénaline due au déclenchement l'alarme ou si c'était juste en rapport avec la grossesse, mais elle n'avait plus d'appétit.

En fait, le moule qui séchait sur son ventre devenait extrêmement gênant. Assez pour regretter d'avoir eu cette idée.

— Encore combien de temps ? demanda-t-elle doucement à Yvette pendant que les filles continuaient à discuter.

Yvette la regarda. Son air se fit inquiet, et elle posa une main sur le moule puis frappa légèrement dessus.

— Je pense que nous pouvons l'enlever. Je vais faire attention.

Madison balaya de la main la proposition de retourner la chaise. Elle voulait simplement qu'on lui retire le plâtre, *maintenant*.

Yvette détendit les bords et tira, la surface dure se décolla facilement du corps de Madison, la vaseline faisant son effet.

Son amie enroula une serviette autour de Madison en parlant doucement :

— Ça va ?

La main posée sur son ventre tendu, Madison s'efforça de respirer régulièrement.

Seigneur, qu'est-ce qui n'allait pas chez elle ? Elle était au bord des larmes. Comme si elle avait été abandonnée dans une cabane délabrée au milieu de la tempête, et non assise dans une pièce chauffée avec ses amies, en pleine séance d'art corporel, à profiter de gourmandises de Noël. Les mots lui échappèrent, moroses et tristes.

— Je veux Ryan.

— D'accord. Je vais le chercher. Ça va si je mentionne à Brooke que nous devons ajuster nos plans ?

Madison lança un coup d'œil à ses amies. Celles qui avaient un moulage se le faisaient toutes les trois retirer, riant discrètement tout en regardant dans sa direction, mais la mine inquiète.

— Je suis désolée, dit-elle un peu plus fort pour qu'elles puissent toutes l'entendre. Je suis... Quelque chose ne va pas.

En un clin d'œil, ce fut l'effervescence. Comme si elle avait annoncé qu'elle était sur le point d'exploser, tout le monde se lança dans une direction différente. Les trois femmes désormais enveloppées dans des serviettes filèrent vers la douche. Brooke partit en courant vers la caserne proprement dite. Kelli et Tansy placèrent les moules en lieu sûr, les posant sur les chaises alignées contre le mur, puis firent rouler le reste des bâches et des draps hors de leur chemin.

Tant mieux, parce que Brooke avait dû filer en bas. Avant que Madison ne puisse regretter d'avoir fait des histoires pour rien, Ryan arriva précipitamment dans la pièce, Mack et Brad sur ses talons.

2

RYAN

Trente minutes plus tôt

Bien sûr, ils avaient eu un appel. Pour la seule soirée où Ryan espérait vraiment que la caserne des pompiers resterait silencieuse, ça n'avait pas manqué. Mais la vie semblait marcher ainsi – on encaissait les coups et on jouait avec les cartes qu'on nous distribuait.

Brad et lui rassemblèrent Talia et les autres enfants dans un coin de la pièce, restant hors du chemin tandis que l'équipe de garde se mettait en route comme une machine bien huilée, Alex en position de copilote.

Les enfants se reprirent rapidement et retournèrent à leur marelle et à leurs jeux d'escalade, brûlant l'énergie comme seuls des enfants carburant aux chips et au jus de fruit peuvent le faire.

Brad s'extirpa des jeux et s'adossa au mur près de Ryan.

— Comment tu vas ?

— J'espère que nous ne recevrons pas d'autres appels ce soir, ou alors nous tirerons à la courte paille pour savoir qui s'équipe.

Ryan regarda sa montre. Il pensait attendre encore une heure au maximum avant d'aller tranquillement à l'étage voir comment Maddy allait. Ne pas s'y précipiter le rendait dingue. Il avait simplement cette étrange sensation...

— Je ne parlais pas de l'équipe d'urgence, dit Brad d'une voix traînante, avant de croiser le regard interrogateur de Ryan. Comment est-ce que tu gères les préparatifs pour l'arrivée du bébé ?

— J'ai déjà vécu ça, dit Ryan d'un ton pince-sans-rire avant de sourire d'un air penaud. Ce qui veut dire que mon sommeil est presque aussi perturbé que celui de Madison, et j'ai mortellement peur, même si je fais semblant que tout ira fantastiquement bien et ne sera qu'un long fleuve tranquille.

Brad poussa un lourd soupir.

— Ouais. C'est ce que je pensais.

Il posa un instant une main compatissante sur l'épaule de Ryan. Puis il émit un petit rire machiavélique.

— Eh bien, si nous avons un appel d'urgence qui implique des bébés au cours des prochains mois, il faudra faire en sorte que Mack y aille en renfort. Avec Brooke comme prochaine sur la liste après Madison, il a besoin de plus d'expérience dans les accouchements.

— J'ai entendu, lança Mack en renvoyant la balle dans ses mains au fils de Brad.

Drew courut après.

Les petites filles dans la pièce le suivirent comme trois bergères dont il aurait été le seul mouton.

Mack se rapprocha.

— Les bébés ne me font pas peur, leur assura-t-il. J'ai presque une douzaine de naissances à mon actif. Enfin, j'ai apporté mon aide. Ça m'étonnerait que je puisse gérer le vrai boulot.

— Ils me fichent la trouille, dit Tucker. Les bébés et les bambins, je veux dire. Je les aime bien quand ils sont plus grands, intelligents et qu'ils ont une certaine attitude.

— Crois-moi, les bébés sont intelligents, lui dit Brad. Drew savait exactement quel cri utiliser avec Hanna et lequel avec moi. Le gamin nous faisait obéir à ses moindres désirs à peine quelques heures après être sorti du toboggan.

Luke avait l'air pensif.

— Je ne sais pas si j'ai un jour pensé à un âge préféré pour les enfants. Mes nièces ont toujours été là, semble-t-il. À chaque étape, il y avait quelque chose que j'aimais. Puis les autres sont arrivés. Ils sont tous très différents mais géniaux à leur façon.

— Kelli et toi allez bientôt fonder une famille ? demanda Brad.

Luke lui lança un grand sourire.

— Peut-être.

— Sérieusement ?

Tucker écarquilla les yeux de surprise.

— Oh, bon sang, ce n'est pas bon, ajouta-t-il.

Luke fronça les sourcils.

— Pourquoi ?

— Si vous commencez, alors l'attention de tout le monde se tournera vers Ginny et moi.

Tucker eut l'air un peu paniqué pendant un instant. Il plissa les yeux.

— Tu déconnes. Tu essaies de me faire *croire* que tu vas te lancer, mais tu ne le feras pas.

— La vie n'est pas une compétition, dit Ryan d'un ton pince-sans-rire.

— Parle pour toi.

Luke et Tucker parlèrent exactement en même temps, tous deux soudain déterminés à se fusiller du regard.

Eh bien, voilà qui était intéressant.

Ryan décida de les provoquer.

— Alors est-ce que ça veut dire que vous allez tous les deux essayer de convaincre vos femmes qu'il est temps de faire bouger les choses ?

— Peut-êt...

— Ryan.

Brooke apparut en haut des escaliers. Son cri avait résonné au-dessus d'eux, interrompant toutes les taquineries.

— Monte, tout de suite. Mack, Brad, vous aussi. Je pense que Madison est en plein travail.

Dans une poussée d'adrénaline, Ryan partit sans un regard en arrière. Il faisait confiance à ses amis pour prendre soin de sa fille pendant qu'il volait au secours de Madison.

— Allez-y, les gars, Luke et moi on s'occupe des enfants.

La voix de Tucker disparut au loin alors que Ryan arrivait en haut des escaliers.

Des bruits de pas résonnèrent derrière lui, mais Ryan ne s'arrêta pas avant de faire irruption dans la salle commune. Il remarqua Madison assise sur une chaise, une serviette autour de ses épaules.

Il se laissa tomber près d'elle et l'attira dans ses bras.

— Hé, chérie. Qu'y a-t-il ?

Elle avait les larmes aux yeux, et l'inquiétude avait envahi son visage habituellement joyeux.

— Je ne me sens pas très bien.

— Le bébé ?

Yvette était là, la main posée sur le genou de Madison.

— Elle m'a laissé jeter un coup d'œil. Je pense que le bébé arrive.

— Mais je n'ai pas commencé le travail ! insista Madison

avant de presser les mains contre son ventre. Ou c'est un drôle de travail. C'est comme des fausses contractions, mais mes muscles n'arrêtent pas de se crisper. J'ai essayé de ne me détendre, mais ça ne marche pas.

Brad s'accroupit à côté de la chaise de Madison.

— Hé, mon chou. Ça te va si je reprends l'assistance médicale ? Laisse Ryan te tenir la main, et je vais voir où en est ton bébé.

— D'accord, acquiesça Madison alors qu'elle levait les yeux vers Yvette. Tu restes aussi, s'il te plaît ?

— Bien sûr, répondit Yvette en lui serrant le genou. Je suis tes renforts. Tout le monde ici t'aime, et nous t'aiderons tous du mieux possible.

Ce qui apaisa une partie de la panique qui transperçait Ryan. Mais seulement une partie, parce que *bon sang*, avoir le bébé plus tôt que prévu, au milieu du blizzard, n'était pas au programme.

Mais il aurait dû savoir que, comme dans tous les cas d'urgence, ses amis l'épauleraient. De plus, la caserne des pompiers, avec des techniciens d'urgence et des secouristes, n'était pas un mauvais endroit où se retrouver durant une crise d'ordre médical.

Brad examina rapidement Madison, le visage empreint d'étonnement alors qu'il hochait la tête vers Yvette.

— Tu es vraiment proche de l'accouchement, Maddy. Tu n'y es pas tout à fait, mais presque.

— Trop proche pour aller à l'hôpital ? demanda Ryan.

Brad secoua rapidement la tête.

— Le temps qu'on s'y rende, le bébé risque d'arriver.

— Je ne veux pas avoir mon bébé dans un véhicule d'urgence par cette température, dit Madison en fronçant les sourcils. Mais je *ne* suis *pas* en plein travail.

— Si, si, l'informa Brad à voix basse. Vraiment. Chaque

femme ressent les douleurs du travail différemment, mais tu es dilatée à presque dix centimètres.

Elle se redressa en se tortillant.

— Je dois me lever.

Ryan l'aida à se redresser, et Madison expira lentement en retrouvant son équilibre. Elle regarda autour d'elle.

— Eh bien, c'en est fini de la soirée entre filles.

Yvette se mit à rire.

— Elles s'en sortiront avec les enfants pendant un moment. Les filles ont pris une douche... est-ce que tu veux en prendre une ? Rincer le plâtre visqueux et te détendre un peu plus ?

Elle lança un rapide coup d'œil à Brad.

— Je peux ? demanda Madison.

— Si Ryan reste à côté de toi pour t'aider à garder l'équilibre, ça me paraît une super idée, répondit Brad, qui ajouta avec un signe du menton vers Yvette : Nous devrions te donner une formation pour les humains.

— Impossible. J'ai entendu dire qu'ils mordent, déclara-t-elle en calant une pile de vêtements sur son bras et en penchant la tête vers la salle d'eau. J'ai tes vêtements. Quand tu auras fini, enfile quelque chose en haut dans lequel tu es à l'aise. Ça permettra de jongler avec moins de serviettes.

Un instant plus tard, Madison et Ryan étaient dans l'intimité de la salle d'eau. Ryan se déshabilla aussi et se plaça sous le jet d'eau chaude avec sa femme appuyée contre son torse.

Elle leva les yeux vers lui.

— Hé. Je suppose que nous allons avoir un bébé aujourd'hui.

— Je suppose que oui.

Il l'embrassa doucement puis recommença à frotter le savon en mouvements circulaires sur son ventre et sa taille.

— On va te laver d'abord, juste au cas où, ajouta-t-il.

— C'est malin. Tu es le bon numéro, tu le sais ?

Elle pencha la tête en arrière et laissa l'eau couler sur son visage pendant qu'il s'occupait d'elle.

Elle était si belle. Les doigts de Ryan tremblaient, il était mort de peur, mais son cœur était si gonflé à cet instant qu'il ne pensait pas pouvoir le contenir.

— Je t'aime, chuchota-t-il.

Elle ouvrit les yeux, et elle sourit, l'espièglerie envahissant son expression.

— Tant mieux.

Il éclata de rire. Il la lava, la sécha, puis l'aida à enfiler sa propre chemise au lieu de ses vêtements à elle. Ça semblait... approprié.

Ils marchèrent dans la salle commune pendant un moment après avoir quitté la douche. Leurs amis vinrent discuter avec eux, y compris Brooke.

— Tu pourrais aussi bien rester, proposa Madison. Tu auras droit à ta propre version bientôt.

— Est-ce que je peux avoir la version sans travail de l'accouchement ? Ça serait cool, la taquina Brooke avant de l'étreindre rapidement. Je serai honorée d'être là.

À peine une heure plus tard, Madison se figeait encore une fois. Son visage se crispa alors qu'elle regardait frénétiquement autour d'elle.

— Hmm, quelque chose a changé.

L'heure qui suivit passa en un éclair. Madison perdit les eaux, et ses grognements se transformèrent en hoquets lorsque la douleur commença soudain.

Quelqu'un avait apporté un matelas du dortoir. Ryan s'assit avec Madison appuyée contre lui alors qu'elle mettait leur fils au monde.

Brad souriait d'une oreille à l'autre quand il passa le bébé à

Yvette. Elle l'essuya prudemment, contournant ses bras tendus et ses cris indignés.

— Tout a l'air d'aller bien. Tu es incroyable, Madison.

— Elle est miraculeuse, dit Ryan, la gorge serrée alors qu'il attendait qu'Yvette termine.

Il déposa les lèvres contre la joue de Maddy.

— Il est parfait, ajouta-t-il.

Madison lui lança un sourire larmoyant.

— Je vais pleurer, annonça-t-elle calmement.

Et elle fondit en larmes. Par gros hoquets qui nouèrent d'inquiétude les tripes de Ryan. Du moins jusqu'à ce qu'il regarde le bébé dans les yeux lorsque Yvette le lui tendit, tout emmailloté.

Maddy pleurait, mais de joie.

— Félicitations, dit Yvette. Tu as été géniale. Et le bébé Zhao aussi. Il a du coffre, celui-là.

— Ça vient entièrement du côté de la famille de Ryan, plaisanta Madison en s'essuyant les yeux du dos de la main et en regardant son bébé. Coucou, mon ange. Je suis contente que tu sois là, même si tu dois améliorer tes compétences prévisionnelles. Bienvenue dans notre famille.

— Dans notre famille, et bien plus, murmura Ryan.

Il caressa du doigt une joue douce alors que Madison déplaçait le bébé et le positionnait pour la tétée. Les minuscules lèvres se retroussèrent, adoptant d'instinct la position parfaite pour prendre le sein.

Le silence retomba pendant un bref instant, tout le monde regardait avec émerveillement, songeant au miracle auquel ils venaient d'assister.

Sans doute des bébés naissaient-ils tous les jours. Sans doute était-ce naturel, un événement qui se produisait depuis la nuit des temps.

Cela ne rendait pas ce jour-là moins miraculeux.

Ils attendirent que Madison soit propre et habillée pour faire venir Talia et le reste de leurs amis.

Talia grimpa sur le canapé à côté de Madison et posa sa joue contre celle de sa mère, bouche bée en regardant son petit frère.

— J'avais demandé un frère, avoua Talia doucement avant de lever les yeux vers Madison. Je sais qu'ils sont plus bruyants que des sœurs, mais tu as de si gentils petits frères que j'en voulais un moi aussi.

Madison se mit à rire en passant son bras libre autour de leur fille et l'embrassa doucement.

— Tu seras une incroyable grande sœur. Je le sais. Je ne pourrais pas être plus heureuse.

— Moi je pourrais, la taquina Tansy.

Elle était assise à côté de Rose, toutes deux s'étreignaient alors que tous leurs amis attendaient leur tour pour tenir le bébé.

— Je veux connaître son prénom, car je doute que tu honores la promesse que tu m'as faite en décembre. *Tansy* est un super prénom et tout, mais il a l'air d'avoir besoin de quelque chose d'un peu différent.

— Ryan ? À toi l'honneur ? demanda Madison doucement.

Le sourire de Madison retrouvé tout son éclat alors qu'il se glissait à côté d'elle pour les serrer tous les trois dans ses bras. Son épouse, sa fille et son fils.

Ryan regarda la foule – composée de tant de gens auxquels il tenait profondément – et hocha la tête.

— Voici Justin. Parce que nous voulons nous souvenir du passé et célébrer un futur plein d'amour.

De douces acclamations bourdonnèrent.

— À Justin !

— Bienvenue, bébé !

— Tu seras très heureux.

Une multitude de félicitations s'éleva, mais Ryan avait posé de nouveau le regard sur son fils, sur Madison, sa meilleure amie depuis toujours, celle qui détenait de son cœur.

Il se pencha vers elle, embrassa Talia, puis Justin.

Il embrassa Madison avant de chuchoter de tout son être :

— Je t'aime. Je vous aime tous tellement !

— Tant mieux, répéta Madison, le faisant sourire.

Brooke apporta le moule d'un ventre bien rempli et lança un clin d'œil à Maddy.

— Je m'en charge. Tu as d'autres choses dont t'occuper en ce moment, alors si tu me fais confiance, je l'apporterai une fois qu'il aura été poncé et apprêté.

— Merci, chérie, dit Madison.

— J'ai adoré assister à la naissance de Justin, dit Brooke en l'embrassant sur la joue. Merci.

Le groupe dit au revoir à tour de rôle jusqu'à ce qu'il ne reste qu'Yvette, Brad et Hanna dans l'arrière-salle.

— Talia peut dormir avec nous pour la nuit, si elle veut. Nous nous arrêterons chez vous pour la récupérer quand elle aura pris ses affaires, proposa Hanna. Et puis nous voulons vous suivre chez vous pour nous assurer que *vous* y arriviez en toute sécurité. Parce que ça me rassurera.

Ils se mirent tous à rire, mais Ryan comprenait.

— Si tu veux, je viendrai finir d'installer les affaires, puisque Justin est arrivé en avance. En fait, laisse-moi y aller maintenant, et je commencerai à préparer le dîner, dit Yvette en écartant leurs remerciements de la main. Alex n'aura pas terminé son service avant des heures, et j'aimerais beaucoup vous aider.

Brad leur trouva un siège pour nourrisson dans la réserve pour rentrer chez eux. Emmitoufler le minuscule bout d'humanité et se préparer à partir semblait irréel. C'était étrange d'être passé du bruit et de toute l'énergie de l'attroupement à leur petit groupe de quatre dans la chaleur de la voiture. Madison, Ryan, Talia et Justin.

Justin, qui n'était rien de plus qu'une grosse bosse quand ils étaient partis cet après-midi-là.

Madison, sur le siège arrière à côté du bébé, regardait Ryan dans le rétroviseur.

— Est-ce que ça deviendra moins incroyable ?

— Jamais, lui assura-t-il.

— Tant mieux.

Sa nouvelle expression préférée. Il sourit.

Puis l'espièglerie se lut dans les yeux de Madison.

— Tu seras heureux de savoir que j'ai commandé des pulls assortis pour nous tous pour notre portrait de famille au printemps. J'ai hâte que tu les voies.

Un rire lui échappa. Ryan ne pouvait qu'imaginer ce qu'elle leur avait trouvé à porter. Mais il le mettrait avec plaisir. Parce que c'était le genre de joie que Madison apportait dans sa vie.

Il ramena sa famille chez eux. Un convoi de voitures et de camionnettes les suivait, parce que *tout le monde* voulait s'assurer qu'ils allaient bien. C'était comme une parade impromptue à travers Heart Falls qui ramenait à la maison sa famille agrandie.

Qui ramenait l'amour à la maison.

Si vous voulez en savoir plus sur le début de l'histoire de Madison et Ryan, plongez-vous dans L'ESPOIR DU HÉROS.

PARTAGER DES SECRETS

La soirée entre filles devient un peu folle. Quand il est tard et que la tequila coule à flots, c'est là que les secrets ressurgissent. Des coups d'un soir ? On dirait bien que quelques-unes des femmes de Heart Falls s'y sont adonnées au cours des années, et vous réservent quelques surprises...

Avec Rose et Tansy Fields, Sydney Jeremiah (la nouvelle docteure en ville), et Petra Sorenson (sœur de Zach dans *L'Histoire rêvée d'une cow-girl*), et beaucoup de tequila. Oups ?

Chronologie : Cette histoire se déroule après les autres vignettes de cette collection, et au début d'***Une famille pour la vie***.

1

___

ROSE

Mars, Heart Falls.

*P*lus tard, Rose l'appellerait *La Soirée entre Filles qui a Mal Tourné.*

La journée avait commencé comme d'habitude, sa sœur Tansy et elle travaillaient au Buns and Roses, le café et magasin de fleurs et bibelots qu'elles possédaient ensemble. Rose s'était éclipsée pour un rendez-vous avec la banque dans l'après-midi, et ce qui en ressortait la faisait vibrer d'excitation.

Elle avait eu à peine le temps de révéler en détail à Tansy les possibilités d'agrandissement et d'amélioration de leur magasin quand la première de leurs amies arriva, à 17 h, les bras chargés avec de quoi nourrir une auberge espagnole.

Parfois la soirée entre filles impliquait un projet, parfois il s'agissait juste de se réunir pour dîner et s'amuser avec des personnes sur la même longueur d'onde que soi. Et boire...

Deux heures plus tard, boire était apparemment l'activité vedette de la soirée.

Rose leva son verre et accepta qu'on le remplisse de margarita.

— Ton *dip* est dangereux, Petra. J'adore déjà les chips de nachos à la base, et il a fallu que tu apportes cette offrande délectable et chargée de calories.

Petra Sorenson rendait visite à son frère Zach et était venue avec sa belle-sœur Julia pour la soirée. Elle sortit de la cuisine, les rejoignit et plaça sur un trépied un deuxième récipient fumant de délice épicé au fromage.

— De rien. Mais, sérieusement, il n'y a pas de calories. Que des légumes.

— Parce que... le fromage est une sorte de *légume* ? s'enquit Tansy.

— Le fromage vient du lait, qui vient des vaches, et les vaches mangent de l'herbe, et *ça* c'est un légume, dit Petra triomphalement. Non ?

— Seigneur, s'il te plaît, dis ça à mon beau-frère, dit Kelli Stone avec un ricanement. Cet homme est merveilleux, mais c'est le genre de chose qui ferait péter un câble à Caleb.

— Nos mecs sont habituellement difficiles à énerver, dit Karen en hochant lentement la tête. Mais ça pourrait atteindre Finn aussi.

Kelli sourit.

— Tu sais, ils pensent tous que, parmi nos activités lors de ces soirées, nous échangeons des moyens de les tourmenter.

— C'est une bonne idée, dit Tansy en hochant la tête. J'approuve. Quelqu'un a de nouvelles suggestions pour torturer nos hommes ?

— Tu n'as pas d'homme, signala Rose. Et moi non plus.

Tansy leva un doigt.

— Ah, mais si ! Nous avons notre père, qui est le plus

exquis des hommes à tourmenter. C'est normal, après la manière dont il nous a traitées pendant nos années d'ados. À venir à la porte pour rencontrer nos rencards habillé avec tout et n'importe quoi, du peignoir jusqu'à l'armure de chevalier complète.

— Sérieusement ? demanda Petra en riant. Je croyais que mon père était le seul à faire ces trucs-là.

— Je présume que c'est dans le *Manuel du papa*, avança Rose.

Les yeux de Petra brillèrent d'amusement.

— En parlant de tourmenter l'homme de notre vie, j'ai cru que mon frère allait s'évanouir ce matin. J'ai donné à Julia des vêtements pour bébé et des magazines que j'ai apportés.

Tous les yeux se tournèrent instantanément vers Julia. Elle leva les paumes en protestation.

— Non. À tous les esprits curieux, *non*.

Petra haussa les épaules.

— J'ai entendu dire que Madison avait accouché, et mes sœurs avaient une tonne de trucs à me faire emmener pour servir de seconde main, expliqua-t-elle avant que son sourire ne redouble de manière machiavélique. Mais c'était amusant de faire flipper Zach. Il a regardé *À quoi vous préparer si vous attendez un enfant* comme s'il s'agissait un serpent.

La conversation passa ainsi à une discussion sur ce que chacune lisait, écoutait ou avait réservé à la bibliothèque.

Rose était assise sereinement, absorbant tout.

Ces femmes étaient plus que de simples amies. Elles étaient ce qui la liait à Heart Falls et au-delà, et même si la composition du groupe changeait chaque mois selon les obligations de leurs boulots, de leurs enfants et de leurs familles, elles étaient toujours là les unes pour les autres. C'était un soutien sur lequel Rose pouvait compter.

Une inimaginable bénédiction.

Vers 20 h, les téléphones commencèrent à sonner, et le groupe diminua rapidement.

— On s'en va.

Karen Marlette rassembla leurs affaires pendant que sa sœur Julia expliquait rapidement :

— Désolée. C'était Zach. Finn et lui ont décidé de partir ce soir pour que nous soyons prêts pour les enchères à la première heure demain matin.

Petra, sur le vieux canapé moelleux qui ornait le salon de Tansy et de Rose, releva la tête. Elle repoussa ses longs cheveux blonds puis tenta de s'extirper en se tortillant du vieux canapé qui la retenait.

— Attends. Je ne savais pas que nous partions. Donne-moi une seconde, et je viens avec vous.

Julia agita la main.

— Reste. Nous reviendrons d'ici demain soir. Tu es venue à Heart Falls spécialement pour prendre des vacances et te détendre. Toute une soirée entre filles, c'est exactement ce dont tu as besoin pour commencer ta semaine avec nous.

— Je suis d'accord. Tu dois rester, dit Tansy en se penchant sur l'épaule de Petra pour remplir son verre de margarita à la pêche. Tu es bien trop tendue.

Petra rit.

— Tu parles. Pas après ces verres. Combien il y a d'alcool dedans ?

— Suffisamment pour que j'aie officiellement terminé aussi, répondit Kelli Stone en se levant.

Elle tituba une fois ou deux, puis sourit en regardant autour d'elle.

— Mon homme vient me chercher, ajouta-t-elle et je vais sauter sur ce cow-boy très sexy. Il se pourrait que je n'attende pas qu'on soit rentrés.

— Dangereux mais amusant.

Ce commentaire émanait d'une nouvelle venue dans leurs réunions, qui venait de s'avancer sur son siège pour prendre part à la conversation. La docteure Sydney Jeremiah était restée silencieuse pendant une bonne partie de la soirée, mais ce n'était pas par timidité, plutôt parce qu'elle écoutait et retenait tout.

Elle était menue avec des cheveux d'un rouge vif et de spectaculaires yeux argentés. Mais plus que ça, elle était d'une intelligence particulièrement vive et dotée d'un grand sang-froid. Elle avait récemment installé un cabinet médical dans la région de Heart Falls, et elle impressionnait Rose de bien des manières.

Sydney haussa un sourcil.

— Il faudra que tu me dises un jour où les gens du coin font la fête.

— Pour que tu puisses te trouver un partenaire et fricoter ? demanda Tansy en s'écartant pour laisser Kelli rejoindre les autres à la porte.

— C'est toujours bien d'avoir des options, releva Sydney avec un clin d'œil.

Après une série d'au revoir, elles ne furent plus que quatre : Tansy et Rose, Sydney et Petra.

Rose accepta qu'on remplisse son verre, puis s'installa sur le fauteuil à côté du canapé. Elle lança un bref coup d'œil à Tansy quand sa sœur posa les pieds sur la table basse, puis décida de l'ignorer. Pendant les quatre heures qui suivirent, elles rirent toutes, burent et partagèrent des histoires.

Petra n'était peut-être pas du coin, mais elle leur avait rendu visite assez souvent au cours des deux dernières années pour faire partie de leur bande de filles. Elle faisait rire les autres aux éclats, les régalant d'histoires sur l'enfance qu'elle avait passée dans sa grande famille et les efforts de son frère

Zach pour incarner dignement le seul garçon d'une famille de six.

— Quand je me suis rendu compte que Zach se cachait sur le balcon, prêt à bondir pour défendre ma vertu, j'ai préparé un podcast sur le meurtre et j'ai modifié le son pour que ça ressemble à ma voix et à celle de mon rencard. Le podcast a démarré par une conversation banale, puis a glissé en une seconde vers des bruits de couteaux, des hurlements et le chaos. Vous auriez dû voir le visage de Zach quand il a brusquement ouvert la porte moustiquaire pour se précipiter et me sauver, tout ça pour nous trouver mon rencard et moi assis aux deux bouts de la chambre, e train de tenir des panneaux qui disaient *on t'a eu.*

— C'est méchant. Méchant et génial, dit Tansy avec un sourire machiavélique. C'est un chouette truc technique.

Petra haussa les épaules.

— Les ordinateurs m'aiment bien. Mais ça, mes amies, c'est ce qui se passe quand un grand frère décide qu'il doit chaperonner la seule sœur qui soit plus jeune que lui.

— Pas de frères surprotecteurs chez nous, signala Rose. Quatre sœurs.

— Il y a beaucoup de familles de filles représentées ici ce soir. Cinq sœurs dans la mienne, leur rappela Petra avant de se tourner vers Sydney. Et toi ?

— Je suis la plus jeune de trois filles. Et j'ai aussi deux frères plus âgés, alors ouais, il y a un peu de surprotection parfois. Surtout que nous sommes tous allés à la faculté et à l'université beaucoup plus jeunes que la normale, dit Sydney en buvant une longue gorgée de son vin avant de se renfoncer dans son fauteuil. Mon Dieu, j'avais besoin de cette soirée. Merci beaucoup de m'avoir incluse.

— De rien, vraiment, dit Rose sincèrement. Tu travailles dur. Je n'entends dire que du bien sur la clinique.

— Tant mieux. J'adore être aux commandes avoir changé de décor, peu importe le travail que ça a demandé, répondit Sydney avant de hocher la tête vers Tansy et Rose. Vous aimez à l'évidence diriger le Buns and Roses.

— C'est la deuxième meilleure chose de ma vie. Ou la troisième, taquina Tansy. Selon où je place le chocolat, ça dépend des jours.

Rose se mit à rire. Cette sensation de plaisir ne faisait que grandir.

— On adore ça, oui, et ça se passe super bien. Si bien que nos projets d'agrandissement sont en cours.

— Je suis contente pour vous, dit Petra sur un ton de profonde approbation, avant de reporter son attention sur son verre et d'en prendre une bonne gorgée.

Elle claqua les lèvres et une mine joyeuse illumina son visage alors qu'elle ajoutait :

— Je me diversifie moi aussi.

— D'autres programmes de comptes ? demanda Rose.

— Du piratage, avança Petra légèrement avant qu'elles n'éclatent toutes de rire.

Une autre conversation s'ensuivit, ainsi que d'autres verres, jusqu'à ce que Rose envisage d'arrêter de boire avant de ne plus pouvoir traverser le couloir jusqu'à sa chambre.

— Vous restez ce soir, annonça Tansy.

Elle était revenue de sa chambre avec une pile de couvertures qu'elle déposa sur leurs corps affalés.

— Nous avons toutes dépassé la limite légale pour conduire il y a des heures.

Sydney hocha la tête, puis regarda Petra.

— Tu te couches par terre. Tu ne tiendrais jamais sur le canapé.

— Tu peux dormir avec moi, proposa Tansy. Rose n'a qu'un

matelas une personne, mais j'ai un *king*, alors il y a de la place pour nous deux.

Petra hocha la tête avec majesté avant de tourner son sourire éméché vers la sœur de Rose.

— J'accepte ta généreuse offre. Mais je dois clarifier un point, je suis malheureusement aussi hétéro qu'on puisse l'être, alors n'avoir qu'un lit ne mènera à aucune... Comment dirait Lisa ? Oh, voilà : *manigance* !

Tansy se mit à rire.

— Ta vertu est sauve, même sans ton frère pour bondir à ton secours.

— Alors O.K.

Un énorme soupir feint échappa à Petra, et elle eut un large sourire.

— Pas de coup d'un soir pour nous, continua-t-elle.

— Tu as déjà fait ça ? Avoir un coup d'un soir ? demanda Sydney en fixant du regard son verre de vin, avec aux lèvres un sourire narquois et ravi qui laissait deviner ce qu'elle-même répondrait.

Un rire éclata à gauche de Rose.

— Tu as l'air d'un chat qui a non seulement mis son nez dans le lait, mais qui a aussi attrapé une souris, puis s'est approprié le meilleur siège de la maison, dit Tansy en se rapprochant. Si nous devons avouer tous nos péchés, je pense que tu devrais commencer.

— Ce n'est pas un péché.

Petra eut un hoquet.

— 'Scusez-moi, continua-t-elle en battant des cils. Enfin, pas un péché si on le fait bien.

— Et s'*il* le fait bien, dit Sydney en souriant étrangement de façon encore plus narquoise.

— Autrement dit, la réponse est oui, conclut Rose.

Il y avait de petits papillonnements dans son ventre à cette pensée. Mais était-ce à la pensée du sexe ou du fait que les trois autres femmes de la pièce semblaient toutes prêtes à avouer leurs aventures ?

Et elle qui n'avait rien à révéler…

— Oui, admit Sydney. Quelquefois.

Elle fronça les sourcils un instant.

— Attendez. À proprement parler, *quelquefois*, c'est plus de deux, ça veut dire trois ou quatre. Non ?

— C'est logique.

Sydney hocha la tête puis plissa les yeux comme si elle réfléchissait.

— C'est quoi plus de quatre ?

— Une légende.

Ça venait de Tansy, qui avait posé son verre.

— Et aussi osé, continua-t-elle. C'est dangereux, mon chou.

— J'ai toujours été prudente, assura Sydney. Mais je ne voulais pas sortir avec qui que ce soit officiellement pendant que j'étais à la fac, surtout parce que j'étais bien trop jeune pour la plupart. De plus, la plupart de mes camarades de classe étaient tout aussi épuisés que moi. Trouver un spécimen correct et en bonne santé avec qui partager une nuit quand j'avais le temps et l'énergie était émotionnellement et relationnellement plus simple.

— Simple, c'est bien, acquiesça Tansy. J'ai eu un coup d'un soir avec un cow-boy pendant le Stampede il y a des années qui, oh mon *Dieu,* m'a titillée pendant des jours. Mais Rose et moi mettions sur pied le magasin, et il n'y avait pas moyen que j'aie le temps pour que quoi que ce soit de plus qu'un divertissement palpitant.

Rose cilla vers sa sœur.

— Je n'en avais aucune idée.

Tansy haussa les épaules puis lui lança un grand sourire.

— Ça veut dire que j'ai bien fait les choses. La famille n'est pas censée savoir quand on a une brève aventure. Ça fait partie de l'équation *simplicité*.

Avant que Rose ne puisse répondre, Petra l'interrompit.

— Je suis d'accord.

Elle se pencha en avant et se couvrit la bouche un instant avant de lâcher :

— J'ai eu un coup d'un soir le week-end où Zach et Julia se sont mariés.

— Tu déconnes ! dit Rose, bouche bée. *Ici* ? À Heart Falls ?

— Ouais, mais avant que vous ne me demandiez, ce n'était pas quelqu'un *de* Heart Falls.

Petra jubilait carrément, désormais.

— Il était en ville pour... quelque chose. Je n'ai pas vraiment demandé parce que, hé oh ! il savait danser. Puis, quand il m'a entraînée au lit, il y avait ce truc qu'il faisait avec sa langue, et...

— Plus tard, les détails. Plus tard, genre jamais, intervint Tansy.

Rose inspira profondément.

— Je suppose que le bon endroit, le bon moment ou le bon partenaire ne se sont jamais présentés pour m'inspirer et prendre ce genre de risques. Je n'y suis pas opposée, mais la foudre ne m'est jamais tombée dessus, admit-elle.

Sydney tendit la main et lui tapota la jambe.

— Ce n'est pas un concours. Et puis ce n'est pas parce que les autres gamins sautent du pont que tu dois le faire aussi.

— Exactement.

Il avait fallu trois essais à Petra pour prononcer le mot correctement, et elles gloussaient toutes follement quand elle réussit enfin. Elle hocha fermement la tête vers Rose.

— Ce n'est pas une chose que tu es obligée de faire, mais si tu en as envie, et que l'occasion se présente, pourquoi pas ?

Les rires soûls et les histoires s'arrêtèrent enfin vers 2 h du matin, quand Tansy entraîna Petra dans sa chambre, dans un léger rire qui leur échappa.

L'appartement devint silencieux. Rose ignora les verres sales et les sachets de chips à moitié vides sur la table basse. À la place, elle attrapa une couverture pour la lancer sur Sydney, pelotonnée sur le canapé.

Celle-ci ouvrit les yeux, l'air remarquablement alerte étant donné qu'elles étaient toutes plus que rondes comme des queues de pelle.

— Rose ?

— Ouais ?

Ces étonnants yeux d'argent la regardaient comme si Sydney lisait dans l'âme de Rose.

— Je pensais ce que j'ai dit. J'avais mes raisons de profiter du sexe occasionnel. Si ce n'est pas ton truc, ne te sens pas obligée.

— Pour l'instant, tout ce dont j'ai besoin, c'est de tomber raide et de dormir pendant trois jours, dit Rose.

— Bonne idée, répondit Sydney en hochant fermement la tête avant de fermer les yeux. Ou en tout cas jusqu'à 10 h, puis nous boirons des tonnes de café fort.

— Je suis là pour toi, promit Rose.

Impulsivement, elle s'assit à côté de Sydney et lui offrit son étreinte.

— Tu es bien pour une femme super intelligente et méchamment déterminée.

Sydney rit puis accepta le câlin et serra Rose fort.

— Et tu es plus que bien pour une femme brillamment talentueuse avec un bon cœur et une âme généreuse.

Rose rayonnait en se mettant au lit. *Brillamment talentueuse.* Elle aimait bien celui-là.

Elle était presque endormie quand une pensée dériva à travers son esprit flou.

Brillante c'est bien, mais ça pourrait être amusant d'être impulsive, juste une fois.

UNE FAMILLE POUR LA VIE

Pendant l'année écoulée, Ivy et Walker Stone ont œuvré à agrandir leur famille. Ils ont rempli des formulaires jusqu'à en avoir des crampes aux doigts, ont reçu la visite à domicile de travailleurs sociaux et fait des projets d'avenir. Walker et ses frères ont effectué des travaux de construction et des rénovations dans leur foyer à Heart Falls pour faire de la place pour les nouveaux membres à venir.

Et voilà que le jour qu'ils attendaient tant est sur le point d'arriver.

Bonus… Le mariage de Tucker et Ginny est inclus dans cette histoire !

Chronologie : L'action commence en janvier, après ***Baiser pour un rancher***.

1

—————

14 janvier, Heart Falls

*W*alker Stone se pencha sur la clôture et donna au cheval dans le manège le minimum d'attention. Ce n'était pas que le travail s'éternisait…

Et puis rien à foutre. Il avait l'impression que cette journée durait depuis au moins trente-six heures, et elle n'était pas finie. Il soupira tout en regardant sa montre aussi discrètement que possible.

La tape fraternelle à l'arrière de sa tête qui s'ensuivit lui annonça que sa tentative avait été tout sauf réussie.

— On t'ennuie ? gronda Caleb en s'arrêtant à côté de Walker pour lui lancer un regard noir.

— Désolé. J'ai été distrait pendant une seconde, dit Walker en s'efforçant de se reconcentrer. Je ne suis pas sûr que cette jument en vaille la peine ni le temps qu'elle nous coûtera.

— Vraiment ? Luke dit que Barenaked Lady est tout à fait dans tes cordes.

Walker cilla. Il lança un coup d'œil à la jument puis sur le papier dans sa main. *Merde.* Il avait perdu sa concentration plus d'une seconde d'après la feuille. Il ne s'était pas attendu à manquer au moins une demi-douzaine de chevaux lors des enchères.

— Putain. J'en ai raté quelques-uns. Ouais, celle-ci est bien.

Caleb posa les mains sur les épaules de Walker.

— Sors. Appelle Ivy, prends des nouvelles. Fais ce qu'il faut pour te remettre les idées en place. Nous te retrouverons à la camionnette dans une heure.

— Je peux rester, insista Walker.

— Tu dois y aller, dit Caleb avec un regard mauvais. Tu es inutile en ce moment. Je comprends que tu aies besoin d'une distraction, mais tu me fais perdre ma concentration à moi aussi. L'un de nous doit garder la tête froide.

Walker opina du chef, puis une remarque amusée lui échappa.

— Je remarque que tu n'espères pas que Luke ni Dustin soient assez sains d'esprit pour réussir ces enchères sans nous.

— Dustin est occupé à flirter. Luke complote quelque chose avec Kelli pour le week-end prochain, alors il est presque aussi naze que toi.

— C'est peu probable, répondit Walker.

Mais il avait envie de parler avec Ivy, alors il céda.

— Merci. Je me rattraperai, je te le jure.

— Frérot, tu attends l'un des événements les plus précieux qu'un homme puisse voir arriver. Je ne suis pas en colère, et je n'attends rien en échange. Mais j'ai bien besoin que tu sortes, dit Caleb d'un ton pince-sans-rire.

Walker obéit.

Dehors, le froid glacial mordit sa peau. Le mois de janvier

en Alberta avait suivi son habituelle séquence, menant à un gel intense et infernal pendant les deux dernières semaines. La température ressentie ne faisait qu'empirer la donne. Un ciel bleu étincelait au-dessus de lui, beau à souhait, sans un nuage à l'horizon. Frissonnant, il remonta son col en s'éloignant de l'écurie chauffée des enchères pour retourner à sa camionnette et à son van.

Il attendit d'avoir mis le moteur en marche et le chauffage à fond avant de sortir son téléphone.

Pas de messages.

Walker regarda sa montre. À cette heure, Ivy devait être sortie de la classe et en train de s'occuper de ses tâches de directrice adjointe. Peut-être qu'un coup de fil ne la dérangerait pas. Une sonnerie à plein volume retentit. Ivy l'avait pris de vitesse.

Dieu merci.

— Hé, Neige.

— Hé, mon cœur. Est-ce que je t'interromps ? demanda-t-elle avec empressement.

— Tu parles. Caleb m'a chassé des enchères parce que ma concentration est naze. Tout ce que je veux, c'est être à la maison avec toi.

Il marqua une pause.

— Non, ce n'est pas *tout* ce que je veux.

Elle soupira.

— Je sais. Pas d'appels de mon côté non plus. Mais bientôt. C'est pour bientôt.

— Je ne cesse de penser à nos filles.

Après des mois de travail et des semaines à attendre, ils avaient reçu un ensemble de documents qui contenait les photos des sœurs qui étaient si proches de devenir leurs filles. Elles avaient aussi un frère aîné, d'un autre père. Sa grand-mère paternelle s'occupait de Carter, alors même si les enfants se rendaient visite régulièrement, seules les filles pouvaient être adoptées.

Et la première fois qu'ils les avaient rencontrées en personne... Le chien dans la cour du voisin de la famille d'accueil avait aboyé pendant toute la visite, un bruit de crécelle qui leur avait éraflé les nerfs comme un larsen. Mais ça n'avait pas importé le moins du monde. Walker avait eu un coup de foudre.

Chloé avait six ans. Elle s'était agrippée à sa sœur de quatre ans, Harper, comme si elle protégeait un trésor inestimable. Toutes deux étaient maigres, avec des cheveux brun foncé, et leurs âmes transparaissaient dans leurs yeux.

— Elles sont trop petites pour se sentir si perdues. Leur expression m'a renversé et m'a brisé le cœur, admit Walker. Ça me tue, de ne pas pouvoir les prendre dans mes bras et les ramener à la maison avec nous.

— Je sais. Quand nous les avons rencontrées, je ne savais pas si je devais les étreindre ou pas, lui rappela Ivy doucement. Puis Harper s'est appuyée contre ma jambe pour regarder le livre d'images sur les chevaux que nous avions apporté. Elle était presque dans mes bras...

Ivy s'interrompit, étouffé par les larmes.

— Je sais. Je sais, l'apaisa-t-il. Bon sang, je devrais être à la maison avec toi.

Un rire doux mais larmoyant lui répondit.

— Ça ne me rendrait pas moins émotive. Tu es censé être là où tu es. À essayer de travailler, tout comme moi, lui dit Ivy. Nous prendrons tous les deux des congés quand elles arriveront. Nous devons trouver comment tenir jusque-là.

— Et si on invitait nos familles dimanche pour finir la cabane de jeux ? proposa Walker. Les femmes pourront cuisiner quelque chose de copieux, et les gars et moi donnerons des coups de marteaux.

— On dirait le début d'un plan. Peut-être que les femmes devraient donner les coups de marteau, et que vous devriez cuisiner, répliqua-t-elle.

— La météo prévoit moins quarante-cinq et du vent froid, l'informa-t-il.

Elle émit un son indélicat.

— Le fait que je ne sorte pas par ce genre de temps ne veut pas dire que mes sœurs ne fonceraient pas avec enthousiasme. Et si nous lancions un appel pour venir travailler et s'amuser ? Nous commanderons autant de pizzas pour le dîner que nécessaire.

— Ça me paraît super. Même si je parie que quelqu'un finira par préparer des cookies demain.

— Je ne prends pas ce pari, répondit vivement Ivy.

— Parce que tu sais que j'ai raison ?

Elle se mit à rire doucement.

— Parce que tu as dû gagner un beau jour un pari contre ma sœur Tansy. À chaque fois qu'elle passe, de nouveaux cookies apparaissent comme par magie sur le plan de travail.

— Je ne sais pas de quoi tu parles, affirma-t-il.

Même si c'était vrai. Au dernier décompte, Tansy lui en devait encore pendant deux mois. Il ne comprenait pas comment elle pouvait être aussi intelligente avec tous les autres et pourtant continuer à perdre face à lui.

Une partie de lui ne voulait pas savoir si elle perdait secrètement juste pour qu'il se sente bien de cette manière typique de Tansy qui disait *je t'aime, frangin*.

La lumière du soleil au-dehors était revenue dans son cœur. Rien que parler à Ivy, faire des projets avec elle, rêver, espérer et rire...

Cela rendait l'attente supportable.

— Je t'aime tellement, lui dit-il doucement. Nous allons

continuer à nous démener pour que nos filles aient le meilleur des foyers et qu'il soit prêt quand elles arriveront.

— Je t'aime aussi, dit-elle gentiment. Je vais appeler ma grand-mère maintenant. Je sais qu'Ashton et elle ne peuvent pas être là, mais elle me supplie de donner des nouvelles.

— Je vais envoyer des messages aux autres, promit-il.

Le silence après l'appel, troublé seulement par le bourdonnement du chauffage et le grondement du moteur, apaisa Walker comme un calme solennel. Oui, c'était l'enfer d'attendre, mais il était impossible de changer le timing. Jusqu'à ce que les derniers papiers soient faits, Chloé et Harper devaient attendre aussi.

Il alluma son téléphone, tapa un message et envoya l'invitation pour le travail de groupe, parce que même si attendre craignait, attendre avec sa famille était beaucoup mieux.

2

———

— Alors c'est là que tu te caches.

Ivy lança un coup d'œil à droite lorsque sa mère entra dans la salle de lecture silencieuse.

— J'assiste aux opérations sans devoir affronter froid ni mettre des bouchons d'oreille.

— Ils sont bruyants aujourd'hui, n'est-ce pas ? dit Sophie en s'installant sur le canapé près de sa fille. Le reste des Stone vient d'arriver. Tu as épousé une horde, ma chérie.

— Une horde très polie, au moins, signala Ivy.

Sophie entrelaça ses doigts à ceux d'Ivy, et toutes deux restèrent assises silencieusement pendant un moment, regardant par les grandes fenêtres.

Le foyer d'origine qu'Ivy avait acheté était minuscule. Trop petit même pour elle et Walker. Quand ils avaient commencé le processus d'adoption, Walker l'avait surprise avec un plan mis à jour, qui gardait la maison d'origine comme base et y ajoutait deux ailes avec des chambres pour les enfants, des salles de jeux et toute la place qu'une famille pouvait vouloir.

La nouvelle cuisine remplaçait l'ancienne cuisine et

89

l'ancien salon. L'ex première chambre avait été transformée en calme coin lecture qui faisait face au jardin. Avec des portes vitrées coulissantes pour ouvrir durant l'été, la pièce était claire et joyeuse, à la fois un refuge et un moyen de participer à ce qui se passait dans le jardin.

Qui consistait actuellement en une bataille de boules de neige, au lieu de la construction de la maison de jeu. Heureusement, la température était remontée juste au-dessus de zéro, et ceux qui ne lançaient pas de boules lançaient des encouragements sur les côtés. Même les chevaux placés dans le petit manège que Walker avait ajouté au jardin observaient l'activité. Ils regardaient brièvement depuis leur abri, puis secouaient la tête comme pour dire *les gens sont bizarres* avant de retourner dans la chaleur de la petite écurie.

Une douce musique tournait à l'arrière du refuge d'Ivy. Quelque chose de classique et japonais. Son père avait encore dû prendre le contrôle de la chaîne hi-fi.

Toute l'activité et l'animation était dehors, à l'intérieur tout était calme, et malgré tout un petit flottement de panique gagna Ivy. Et si...

Et si elle n'y arrivait pas ? Et si Chloé et Harper avaient besoin de plus qu'elle n'avait à donner ? Et si...

— Chut, trésor.

La main posée sur son genou interrompit le tourbillon de ses pensées. Sa mère tourna ses yeux sages vers elle.

— Ça va aller.

Ivy laissa sortir une lente expiration.

— Comment est-ce que tu fais ? Pour toujours savoir ?

Sophie haussa les épaules.

— Parfois c'est parce que tes tics te trahissent. Tes épaules se tendent, ta respiration s'accélère. Mais cette fois, tu étais sur le point de me briser les doigts.

— Oh mon Dieu, je suis désolée.

Ivy essaya de la lâcher, mais sa mère maintint fermement sa prise.

Sophie posa leurs mains jointes sur ses genoux.

— Tu as réussi à accomplir tout ce que tu as décidé. C'est une chose de plus, chérie. Tu seras exactement ce dont ces filles ont besoin.

— Mais je reste *moi*, dit Ivy doucement. Je suis toujours ici, pas dehors.

Elle fit un geste avec sa main libre vers le joyeux chaos qui se déchaînait derrière la fenêtre. Pointant du doigt sa petite sœur Fern, qui soulevait Tyler Stone, deux ans et demi, et le faisait tournoyer. Le cri de joie du petit garçon s'entendait à travers la vitre.

— Je suis beaucoup mieux que je ne l'étais, mais je ne serai jamais au cœur de la fête.

— Non, et heureusement, parce que nous avons déjà Tansy, et entre elle et ton père, il y a plus qu'assez de fêtes dans le coin.

Sophie se tourna sur son siège pour prendre les deux mains d'Ivy dans les siennes.

— Quand nous sommes allés te chercher dans ton foyer d'accueil, j'étais terrifiée.

Ivy se figea.

— Ce n'est pas vrai.

L'histoire de l'adoption d'Ivy avait été racontée de nombreuses fois au fil des années, mais n'avait jamais comporté cette anecdote.

Sa mère sourit. Son expression était douce et presque triste.

— Oh, je sais. J'étais aussi excitée, inquiète, ravie et satisfaite à un point que je n'avais jamais connu jusque-là. J'avais vingt-cinq ans, ton père vingt-huit, et nous étions prêts à avoir une famille.

— Puis soudain vous avez eu une enfant de quatre ans qui était délicate et frêle...

— Et *parfaite,* l'interrompit Sophie. Tu étais parfaite. Oui, nous avons passé beaucoup de temps dans les hôpitaux. Nous avons passé beaucoup de temps à apprendre à te connaître et à apprendre comment t'aimer d'une manière qui convienne à ta nature discrète. C'est celle que tu étais et ce que tu as apporté à notre famille. Nous aurions été très ingrats et sans cœur si nous nous étions attendus à ce que tu ne sois pas toi-même.

— Tu n'as jamais été autre chose qu'aimante, lui assura Ivy. Mes premiers souvenirs tournent autour de ton sourire. Et de toi qui me tenais dans tes bras.

Elle plissa le nez.

— Et de papa qui portait un drôle de masque avec des défenses, censé m'aider à me sentir mieux d'utiliser un masque à oxygène ordinaire.

Sophie se mit à rire.

— Oh, le *masque.* Oui, c'était un éclair créatif de sa part.

Ivy hocha lentement la tête.

— Mais tu avais peur ? De me ramener à la maison ?

— Je n'avais pas peur à ton sujet. Je savais que tu serais exactement ce dont nous avions besoin. Tu as fait de nous une famille, tu vois. Et une famille, je pouvais réussir ça. Ta grand-mère avait déjà fait de nous, mon père, elle et moi, une famille des années plus tôt, alors j'avais déjà une idée de la manière dont la construction d'une famille devait se dérouler.

Grand-mère Sonora n'avait que dix-huit ans lorsqu'elle était tombée amoureuse d'un veuf, père d'une fille de neuf ans. Ivy considérait que sa grand-mère était une dure à cuire et l'aimait au-delà de toute mesure.

— J'étais terrifiée que tu ne m'aimes pas, dit Sophie doucement.

Ivy secoua la tête de confusion.

— Je ne comprends pas.

— Tu vois, jusque-là, tous ceux qui étaient présents dans ma vie l'étaient par choix.

Sa mère haussa doucement les épaules.

— Ton père et moi avons choisi de passer du temps ensemble, et nous avons fini par tomber amoureux. Ta grand-mère m'a choisie en tant que fille. Mes amis, mon travail, ma vie... tous ceux que je connaissais tenaient à moi. Tous étaient là parce qu'ils avaient décidé, à un moment ou à un autre, que j'avais de la valeur et que j'étais attachante. À défaut d'autre terme.

— Tu es attachante, lui assura Ivy.

— Je suis contente que tu le penses, mais à ce moment-là, en m'approchant de la porte de la maison pour aller te chercher, j'avais si peur que j'étais sur le point de vomir, dit Sophie, plissant ses lèvres en un sourire désabusé. Et si tu me regardais et que tu fondais en larmes ? Ou que tu criais ?

— Mais je ne l'ai pas fait.

— Non. Mais ta sœur Fern si, dit Sophie d'un ton brusque. Tu connais cette histoire. Cette enfant bienheureuse a pleuré pendant trois mois de suite à chaque fois que je la prenais à ton père.

— Tu devais mettre sa casquette de baseball et une paire de lunettes pour qu'elle se calme.

Ivy s'en souvenait. Elle n'avait presque aucun souvenir de l'adoption de Rose – elle avait cinq ans et Rose trois, à ce moment-là –, mais Fern était un nouveau-né quand elle était arrivée. Ivy avait onze ans et Rose neuf, et ces souvenirs étaient plus vifs. Plus nets.

— Fern était très bruyante.

— Elle a bien grandi, dit Sophie en lançant un coup d'œil par la fenêtre, souriant des pitreries qui continuaient. Tu avais déjà quatorze ans quand Tansy a rejoint notre famille.

Elle fit un geste vers Tansy, qui poursuivait Dustin Stone comme si elle était l'abominable homme des neiges, les bras bien levés, rugissant la bouche grande ouverte.

— Tu vois combien elle a changé depuis cette époque ?

— Ah, quelque chose a changé ? demanda Ivy d'un ton pince-sans-rire. Elle est toujours source de problèmes.

Sophie se mit à rire.

— Mais revenons-en à ce premier instant avec toi et avançons un peu. Quand nous avons ouvert la porte, tu étais là. Assise silencieusement avec un sac sur les genoux, à nous attendre.

— Tu m'as demandé si j'étais prête à aller à la maison.

Ivy ne savait pas si ce souvenir était le sien ou s'il s'était formé après avoir entendu cette histoire un million de fois au cours des années.

Sophie déglutit péniblement.

— C'est là que je me suis rendu compte que peu importait à quel point j'avais peur. Ou même si tu m'aimais. Parce que j'avais assez d'amour en moi pour nous deux.

Ivy reniflait aussi désormais.

— Je t'aime. Tellement.

— Je sais, chuchota sa mère. Tout comme tu aimes déjà Chloé et Harper. Ce qui veut dire que, si tu n'es pas capable d'être dehors à courir, eh bien, tu leur montreras cet amour plus calmement. Tu seras la main douce qui soigne leurs blessures. Tu seras le lieu où elles viendront chercher du réconfort. Quelqu'un avec qui partager les joies et les tristesses qui ne requièrent pas que l'on tire des feux d'artifice ou des coups de canon.

Une douce paix étouffa son douloureux affolement.

— Est-ce qu'il y a un livre où je peux apprendre comment donner de super conseils maternels ? demanda-t-elle. Parce que tu es vraiment douée.

Sophie se pencha et l'embrassa.

— Une étape à la fois, ma chérie. Une étape à la fois.

Elles s'étreignirent. L'amour de sa mère réchauffait Ivy tout autant que son étreinte.

Le téléphone d'Ivy sonna. Distraite par le moment de tendresse avec sa mère, elle envisagea de laisser l'appel être redirigé sur la messagerie. Malgré tout, elle lança un coup d'œil à l'écran.

Son cœur bondit dans sa poitrine devant le numéro affiché. *Oh mon Dieu.* Elle se précipita pour répondre.

— Allô ?

— Bonjour, Ivy. Ici Jennifer Tait. Je sais que c'est à la dernière minute, mais si vous êtes prêts, nous aussi. Tout est signé. Je peux amener les filles d'ici ce soir ou demain matin...

— Ce soir, l'interrompit Ivy, son taux d'adrénaline grimpant en flèche. Oh, s'il vous plaît, ce soir ce serait merveilleux.

— On se voit dans une heure, alors.

Jennifer raccrocha.

Ivy regarda le téléphone d'un air ahuri pendant un instant avant que sa mère ne lui pousse le bras.

— Ivy ?

Elle croisa le regard de sa mère et, émerveillée par cet instant, elle entendit trembler sa voix.

— Elles sont en chemin.

3

En matière de distractions, la grande famille de Walker savait comment tenir ses promesses.

Luke et Kelli faisaient équipe avec les filles de Caleb, et tous les quatre lançaient des boules de neige en visant au hasard, sans se soucier de ce qu'ils touchaient. Les missiles erratiques rendaient difficile de traverser la cour indemne.

Walker se baissa derrière un arbre et faillit marcher sur Tucker et Ginny au passage. Sa sœur et son fiancé étaient occupés à faire des boules de neige à la chaîne, les empilant en une énorme réserve.

— Je me permets, dit Walker en en prenant une sur le dessus de l'empilement.

— Hé, c'est pour la bataille finale ! râla Ginny mais elle lui lança un baiser. Ivy te fait signe depuis le porche. Échappe-toi... on te couvre.

Dissimulé derrière l'arbre, Walker jeta un coup d'œil et regarda la folle bataille qui faisait rage entre lui et sa cible.

— J'y vais... maintenant !

Il se précipita dans la cour, esquiva sur la droite puis fit une roulade. Quand il se releva, un cri de surprise explosa aux oreilles. Son plus jeune frère se tenait devant lui, interdit par la soudaine apparition de Walker. Dustin chancela et moulina des bras en luttant pour retrouver l'équilibre.

C'était trop tentant. Walker l'effleura à peine, et son petit frère bascula en arrière.

— C'est pas juste, cria Dustin, avant de grogner alors que la neige craquait sous lui.

Une soudaine satisfaction le frappa. Après un rapide coup d'œil de chaque côté pour s'assurer qu'il n'était pas sur le point d'être pris dans une embuscade, Walker referma la distance entre lui et Ivy, toujours sous le porche.

Il admira la jolie couleur sur ses joues, puis fronça les sourcils quand il se rendit compte qu'elle avait enfilé son manteau mais portait encore ses chaussons et n'avait ni gants ni bonnet.

— Tu dois t'emmitoufler...

— Elles arrivent. Maintenant. Genre, *tout de suite.*

Walker marqua une pause et regarda toute la famille dans la cour. Il ne voyait pas qui manquait.

Oh. Oh, *bon sang.*

Il attrapa les doigts d'Ivy.

— Les filles ? *Maintenant ?*

Elle se mit à rire.

— Ton expression reflète ce que je ressens. Oh, Walker ! Elles sont en chemin. Elles seront ici dans moins d'une heure.

Il la souleva et la fit tournoyer avant de l'embrasser tendrement. Quand il réussit à reprendre son sang-froid, le bruit de la cour s'était effacé et n'était plus qu'un bourdonnement sourd.

Caleb croisa son regard.

— Des nouvelles ?

Le cœur de Walker martelait si fort qu'il tremblait.

— Elles sont en chemin.

Un cri s'éleva, répété par des douzaines d'autres.

Puis Tansy lança un sifflement, bref et perçant, attirant l'attention de tout le groupe alors qu'elle sautait sur la table de pique-nique recouverte de neige.

— Bon, la fête est finie. Suivez le plan. Nous attendrons tous patiemment notre tour pour faire connaissance avec les nouvelles chéries.

Agitant les bras comme si elle était une contrôleuse aérienne, Tansy fit bouger tout le groupe désordonné. Des rires continuaient de résonner, et tous ses frères et sœur marquèrent une petite pause en partant pour tapoter Walker dans le dos. Et, comme par magie, à peine quelques instants plus tard, la cour se retrouva vide.

Perplexe, Walker ramena Ivy dans la chaleur de la maison.

Elle secoua la tête en retirant son manteau.

— Je n'arrive pas à croire qu'ils sont tous partis comme ça. De quel *plan* parlait Tansy ?

— Je suis aussi perdu que toi, admit Walker.

Même s'il était content que quelqu'un ait préparé un plan. Ivy et lui voulaient que les premiers jours des filles dans la maison soient tranquilles et paisibles, et ce n'aurait pas été ce qu'elles auraient trouvé.

— C'est Tansy et Kelli qui l'ont imaginé, les informa Sophie.

Walker regarda derrière Ivy et trouva sa belle-mère à la porte d'entrée. Elle avait déjà enfilé ses bottes, et Malachi l'aidait à enfiler son manteau.

— Au cas où nous devions rapidement nous éclipser. Ce qui semble être le cas.

Ivy fila à travers la pièce pour étreindre sa mère pendant que Walker acceptait la poignée de main de Malachi.

— Vous n'avez pas besoin de partir, leur dit Ivy.

— Nous avons vraiment hâte de rencontrer les filles, mais ce moment est le vôtre, insista Sophie avant de lancer un coup d'œil à son mari. Ce qui signifie qu'on n'arrête pas la voiture au coin de la rue pour revenir regarder par la fenêtre.

Malachi pressa une main contre son torse.

— Est-ce que je ferais une chose pareille ?

Elle haussa un sourcil.

Il sourit d'un air penaud.

— Tu me connais trop bien. Viens, trésor. Laissons les enfants tranquilles un moment avant qu'ils ne rencontrent leur famille.

Le cœur de Walker bondit encore une fois. Leur famille.

Leurs *filles*.

La porte se referma derrière ses beaux-parents, et un assourdissant silence s'installa.

Ivy glissa la main dans la sienne et le tira vers le canapé du salon pour qu'ils s'installent côte à côte. Elle posa la tête sur son bras, et ils restèrent là pendant un moment. L'immobilité les gagna.

Une immobilité trompeuse. Son cerveau *s'emballait*. Ivy luttait sans doute contre la même sensation.

— As-tu un peu peur ? demanda Ivy.

— Oui, admit-il ouvertement. Mais à chaque fois que la peur me touche, je pense à ce que les filles doivent ressentir en ce moment, et ça me fait revenir brutalement sur terre.

Il passa son bras autour d'elle, la serra contre lui et ce contact lui donner des forces.

— Ça va être difficile parfois, et nous le savons. Bon sang, mes parents nous ont gérés tous les cinq, six les étés où Tucker était là. Ils ont sans doute eu envie de s'arracher les cheveux devant nos bêtises.

— Mes parents avaient Tansy à gérer, avança Ivy d'un ton pince-sans-rire avant de se pelotonner davantage contre lui. Je plaisante. Nous étions toutes aussi difficiles, pour différentes raisons, mais je sais à quel point tout ça était précieux.

— Exactement. Ce sont des enfants. Elles méritent d'être aimées, point. Ça, nous pouvons le leur donner. Pour le reste ? dit-il en lui embrassant la tempe. Nous nous débrouillerons.

— Ensemble, dit Ivy fermement.

Elle expira lourdement puis hocha la tête alors que ses doigts dessinaient des cercles sur la cuisse de Walker.

— Je t'aime, Walker.

Il était cuit.

— Je t'aime, Neige.

Le silence retomba, mais désormais il palpitait de ce qu'on ne pouvait définir que comme de l'espoir.

Lorsque la sonnette retentit, Walker ne bondit pas au plafond. Il enlaça simplement Ivy encore une fois, puis se leva et alla vers la porte.

Leur assistante sociale, Jennifer, se tenait sous le porche, parlant doucement aux filles. Harper et Chloé portaient des sacs à dos comme ceux que les nièces de Walker utilisaient pour l'école, et elles avaient de petites valises roulantes avec elles.

La totalité de leurs possessions.

— Bonjour. Nous sommes là, dit Jennifer joyeusement.

— Entrez, dit Walker en s'écartant. Je vais prendre vos valises.

Jennifer indiqua la porte.

— Allez-y, les filles.

Chloé bougea la première. Elle attrapa les doigts de sa petite sœur.

— C'est bon, Harper. C'est notre nouvelle maison, tu te rappelles ?

Harper haussa les épaules, mais elle avança. Son hoquet soudain fit que Walker se précipita pour voir ce qui se passait.

Harper avait lâché la main de Chloé, filant pour regarder Ivy avec émerveillement.

— Tu es là.

Ivy sourit et s'agenouilla pour défaire la fermeture Éclair du manteau de Harper et l'aider à retirer ses bottes.

— C'est chez moi. Et maintenant, chez toi aussi.

Walker se tenait avec les valises près de la porte et tendit la main à Jennifer. Il parla doucement.

— Merci de les avoir amenées aujourd'hui.

— C'était mieux pour tout le monde, dit-elle doucement. Le foyer d'accueil où elles étaient a accepté un nouveau groupe familial qui arrive demain.

Chloé était coincée avec une botte au pied, alors Walker se pencha pour l'aider.

— J'aime bien tes bottes, lui dit-il. Les licornes sont mon deuxième animal préféré.

Elle le regarda.

— Les chevaux sont le premier, dit-il. Tu te souviens que je t'ai dit que nous avons des chevaux au ranch ? Et quelques-uns ici aussi. Tu devras apprendre comment agir avec eux pour découvrir à quel point ils sont amusants, eux aussi.

Ivy se leva.

— Jennifer. Vouliez-vous du thé ? J'allais en préparer.

L'assistante sociale secoua la tête.

— Je dois y aller. Je vous laisse vous installer.

Elle se baissa et croisa le regard des filles.

— Vous avez un bon foyer pour la vie ici. Je passerai dans quelques jours pour entendre toutes les merveilleuses choses que vous aurez à me raconter.

Chloé attrapa Harper, et toutes deux restèrent soudées comme une statue.

— À la prochaine. On se reverra bientôt, promit Jennifer. Ivy, Walker. Je vous souhaite beaucoup de bonheur.

— Nous l'avons déjà, répondit Walker.

Il referma la porte derrière elle et s'étonna de cette sensation. Comme s'il équilibrait des papillons sur le bout de ses doigts. Précieux, délicats et tellement fragiles.

Il se retourna et trouva trois regards posés sur lui.

Il était temps d'essayer d'être père.

— Votre maman et moi avons pensé que vous voudriez voir votre chambre d'abord. Allons ranger vos affaires, suggéra Walker.

Il attrapa leurs valises et les porta dans le couloir vers la plus grande des trois chambres qu'ils avaient ajoutées.

Derrière lui, Ivy guidait les filles. Sa voix discrète était douce mais claire.

— Pour l'instant, nous vous avons mises dans la même chambre. Si vous voulez vos propres chambres plus tard, nous réarrangerons les choses.

Une des histoires qu'Ivy avait partagées était la manière dont sa sœur Rose et elle avaient souvent fini dans le lit de l'autre durant les premières années. Mieux valait qu'ils s'y attendent.

Walker posa les valises sur le sol, puis observa les fillettes avec intérêt pour voir leurs réactions.

Chloé tenait de nouveau la main de Harper, mais désormais c'était peut-être pour rester debout. Elle regardait la pièce avec des yeux écarquillés, examinant tout comme si c'était magique et que ce lieu risquait disparaître à tout instant.

Ivy et ses sœurs avaient fait un merveilleux travail pour que la chambre soit accueillante. Les couettes sur les lits étaient arc-en-ciel, et aux murs jaune pâle étaient accrochées des peintures aux couleurs vives d'objets ordinaires de la vie de tous les jours. Des chaussures rose fluo. Un ballon jaune soleil. Deux chiots avec des hauts-de-forme bleu vif.

Chloé sourit lorsqu'elle remarqua ces derniers.

Walker prit note de présenter les filles aux animaux de Silver Stone dès que possible, surtout les chiens et les chatons. Et puis il devait continuer d'essayer de persuader Ivy de prendre un chien pour la famille quand ce serait approprié.

Mais pour l'instant, il fit cette petite chose importante, ressentant de plus en plus d'amour depuis le début.

Walker s'assit sur le sol près de Harper, ouvrit sa valise et l'écouta tandis qu'elle lui expliquait sérieusement ce qu'était chaque objet et lesquels étaient ses préférés. Elle aligna la maigre collection de vêtements dans sa commode en rangées ordonnées. Elle jacassa sur son élan en peluche et trouva l'endroit parfait pour lui sur son lit de grande fille.

Puis elle devint distraite et grimpa sur le lit de Chloé pour voir ce que faisait sa grande sœur.

C'était une image dont Walker voulait se souvenir pour toujours.

Ivy était assise sur le lit, appuyée contre le mur. Chloé était penchée le plus possible sans la toucher. Toutes deux étaient plongées dans un livre d'images qu'Ivy lisait en le mettant véritablement en scène. Une demi-douzaine d'autres livres étaient éparpillés sur le matelas près d'elles.

La valise de Chloé était encore à moitié pleine. La bibliothèque contre le mur du fond avait à l'évidence reçu plus d'attention que le déballage.

Walker écarta la valise pour pouvoir les rejoindre. Déballer pouvait attendre. Pour l'instant, sa famille écoutait une histoire.

4

Chaque matin serait comme un nouveau départ, pensa Ivy. Certains seraient bons, d'autres plus difficiles. Mais chaque matin était aussi un autre jour pour faire d'eux une famille plus forte.

Walker et elle avaient soigneusement réfléchi à la manière de rendre la transition aussi facile que possible pour les filles. Pendant leur première semaine ensemble, ils avaient prévu des repas simples et des activités calmes mais attrayantes.

La famille devait être présentée progressivement, mais assez tôt, en commençant la première matinée par les parents impatients d'Ivy.

— Bonjour, les filles, dit Sophie doucement en s'installant sur le canapé et en posant un gros sac à main sur le sol. Je suis votre grand-maman. Ça veut dire que mon travail est de vous raconter des histoires, de vous faire des câlins et de beaucoup nous amuser ensemble.

Harper se rapprocha alors qu'un adorable froncement de sourcil plissait son front.

— *Gamman* ?

Sophie sourit.

— Oui. J'ai d'autres noms, mais c'est le spécial que tu utilises.

— Carter a une grand-maman, l'informa Chloé franchement. Elle ne raconte pas d'histoires.

— Eh bien, votre gamman si, répondit Sophie tranquillement en reprenant la prononciation de Harper.

Mais le sourire de sa mère perdit un instant de son éclat, et Ivy aussi sentit une vague d'inquiétude. Mentionner la situation de leur frère ne semblait jamais être positif. Chloé et Harper parlaient souvent de lui, et à l'évidence elles tenaient à lui, mais quelque chose n'allait pas.

Ivy et Walker étaient d'accord, il était important que les visites à leur frère continuent. Elle en avait déjà organisé une plus tard dans la semaine. Avec un peu de chance, rencontrer la grand-mère de Carter en personne dissiperait certaines de leurs craintes.

Sophie se pencha jusqu'à ce que Chloé et elle soient face à face.

— Veux-tu regarder dans le sac ? Nous avons apporté des livres. Tu pourrais peut-être m'en lire certains.

Pendant que Chloé cherchait dans le sac, Ivy tourna son attention sur ce que Walker, Harper et Malachi manigançaient.

Elle avait vu son père faire toutes sortes de choses un peu folles au cours des années, alors elle s'était bien dit qu'il s'éclaterait à avoir des petits-enfants. Mais le voir jouer aux Barbie sur le sol avec Harper était trop drôle.

Un instant plus tard, il était clair que les poupées jouaient toutes un rôle dans un conte de fées.

— Oh, non. Il y a un ours qui marche dans la maison où dort Boucles d'Or.

Le père d'Ivy avait mis un manteau exceptionnellement

poilu sur la tête de la poupée pour lui donner davantage l'apparence d'un ours.

— *Grrrrr*, qui s'est assis sur ma chaise ? continua-t-il.

— *Grrrrr*, répéta Harper comme un adorable bébé ours sans même avoir à se forcer. *Grrrr*, gampa.

Les parents d'Ivy s'en allèrent juste avant midi en promettant de recevoir la famille pour dîner plus tard dans la semaine.

— Je vais mettre la soupe à chauffer, proposa Walker avant de se tourner vers Chloé. Viens m'aider à préparer les sandwichs.

— Nous allons ranger ici, dit Ivy, serrant toujours Harper après que son père eut demandé, et reçu, un câlin d'au revoir. N'est-ce pas, ma puce ?

Harper posa les mains sur le visage d'Ivy.

— Dame ange.

Oh là, là. Il fallait rectifier ça.

— Je ne suis pas un ange. Je suis ta maman. Et nous avons du rangement à faire avant de déjeuner avec papa et Chloé. Tu peux m'aider ? Nous allons mettre les jouets dans le seau, puis nous mettrons les livres de gamman et gampa sur l'étagère.

— J'aime bien gampa, l'informa Harper.

— Moi aussi, dit Ivy gaiement.

Elle ramassa quelques tenues de poupée et se tourna pour les ranger dans leur sac...

Elle aurait pu jurer qu'il y avait un visage à la fenêtre.

— Qu'est-ce que c'était ?

Ivy se leva et regarda dehors.

Trois visages se tournèrent vers elle. Ses sœurs, emmitouflées contre le froid, étaient accroupies sous la fenêtre.

Ivy agita un doigt vers elles, mais l'amusement perçait aussi.

— Vous n'êtes pas encore censées être là, les réprimanda-t-elle.

— Je sais que nous sommes en avance, mais nous ne pouvons plus attendre. S'il te plaît, laisse-nous entrer ! supplia Tansy.

Comme si elle allait les renvoyer. Ivy leur fit signe d'entrer.

— Soyez gentilles, les prévint-elle avant d'appeler Walker. Nous allons avoir besoin de plus de soupe. Mes sœurs sont là.

Walker sortit la tête lorsque la porte d'entrée s'ouvrit, et que Tansy, Rose et Fern affluèrent.

— Je m'en doutais. Bonjour, mesdames. Lavez-vous les mains. Vous êtes pile à l'heure pour le déjeuner.

Harper avait poussé le dernier livre sur l'étagère et se tenait maintenant les bras enroulés autour de la jambe d'Ivy, son pouce dans la bouche.

Ivy prit sa plus jeune fille dans ses bras.

— Harper, voici mes petites sœurs. Elles sont plus grandes que ta sœur, mais elles sont quand même plus petites que moi. Elles vont déjeuner avec nous, alors elles doivent se laver les mains. Tu peux leur montrer où c'est ?

Harper serra étroitement le cou d'Ivy, puis elle hocha la tête et se tortilla pour qu'on la repose.

— Ma salle de bains. J'ai du savon. Ça fait de zolies bulles.

Elle s'avança, suivie des trois adultes enthousiastes qui réussirent par miracle à remplir la salle de bains tout en trouvant de place pour Harper lorsqu'elle tira et grimpa sur le petit tabouret dont elle avait besoin pour ouvrir le robinet.

À la grande joie d'Ivy, Harper entreprit non seulement de se laver les mains, mais de superviser et de les aider à se les laver aussi.

Fern n'avait pas mis sa prothèse ce matin-là. Harper pointa l'avant-bras gauche de Fern, plus court.

— Ouille.

Fern se mit à rire.

— Non, pas ouille. Je suis née avec un bras minuscule. J'ai de petites bosses à la place des doigts, tu vois ?

Elle les montra à Harper et laissa sa nouvelle nièce les toucher.

— J'ai un bras robot spécial que je porte parfois, mais parfois je l'enlève.

Harper agita ses dix doigts et ses deux mains en l'air.

— Les miens restent là.

— Oui, dit Fern avec amusement. Les tiens sont très fermement attachés. Mais les deux types de mains sont bien. Et nous nous sommes toutes lavé les mains. Est-ce que tu es prête à m'emmener déjeuner ?

Harper se sécha encore les mains puis attrapa prudemment la main droite de Fern.

— Pas de doigts sur le minucule bras.

— Seulement des tout petits. Tu peux quand même les tenir si tu veux, lui assura Fern en les emmenant dans le couloir vers la cuisine.

Rose glissa un bras autour d'Ivy.

— Quelle joie !

— Oh oui, ces deux fillettes le sont, répondit Ivy en posant la tête sur l'épaule de Rose. Merci d'être venue en avance, même si tu as foulé aux pieds le planning de Tansy.

— C'est Tansy qui l'a fait, alors j'ai pensé qu'elle pouvait bien le défaire, dit Rose avec un clin d'œil. Viens, je veux rencontrer Chloé aussi.

Un autre moment de perfection s'ensuivit. Une tablée avec ses sœurs, son mari et ses filles tous rassemblés. Tansy, Rose et Fern restèrent en mode très silencieux mais racontèrent quand même des histoires et partagèrent des pensées joyeuses, et à la fin, même Chloé leur souriait de temps en temps.

L'après-midi succéda au déjeuner. Les sœurs d'Ivy s'en

allèrent. On fit une sieste, on lut d'autres histoires. Les rituels nocturnes commencèrent, avec le moment familial, des câlins et les enfants bordées.

Le quatrième matin après l'arrivée des filles, Ivy entra dans leur chambre et découvrit Harper pelotonnée sur le sol, son élan en peluche lui servant d'oreiller. Elle avait retiré la couette du lit. Il était facile de découvrir la raison de ce changement de position. Le lit de Harper était mouillé, et son pyjama humide avait été abandonné sur les draps.

Pauvre petite. Ivy s'agenouilla et écarta les cheveux du visage de Harper.

— Hé, ma puce. Tu as eu un accident ?

Harper geignit et se blottit davantage contre son élan.

Un instant plus tard, Chloé était là et se plaçait entre Ivy et Harper.

Ivy recula pour leur laisser toute la place qu'elles voulaient.

— Ce n'est pas grave. Les accidents, ça arrive, et nous avons un lave-linge et un sèche-linge. Mais on va te donner un bon bain chaud avant de t'habiller. Est-ce que tu veux prendre un bain avec elle, Chloé ?

Celle-ci hocha la tête. Elle aida Harper, ensommeillée, à se lever, puis l'entraîna vers la salle de bains.

Ce n'était pas la première fois qu'Ivy remarquait à quel point Chloé était protectrice avec sa sœur. Ils avaient anticipé ce comportement mais il rappelait encore une fois qu'ils construisaient cette famille en partant de la base.

Cela allait prendre du temps. C'était normal.

Ivy retira les draps et chargea la machine, mais même après les avoir lavés, la chambre des filles avait encore une drôle d'odeur.

— Je ne comprends pas, dit-elle doucement à Walker pendant qu'ils préparaient le déjeuner.

Les filles mettaient la table, les couverts et les assiettes cliquetaient.

— Les lits sont frais, mais ça sent toujours mauvais, continua-t-elle.

— Si nous avions deux petits garçons, je te dirais que c'est juste leur odeur, mais laisse-moi voir.

Walker s'éclipsa.

Il revint à peine quelques minutes plus tard, le visage indéchiffrable lorsqu'il plaça un sac en papier sur le plan de travail près d'elle.

— Qu'est-ce que c'est ?

Sinon quelque chose qui sentait atrocement mauvais.

— De la nourriture, dit doucement Walker. Des sandwichs, surtout. Je pense que ça remonte au jour où Chloé m'a aidé à préparer le déjeuner. Mais je vois aussi la moitié d'un sandwich au fromage grillé du déjeuner d'hier et deux petits pains du dîner d'hier soir.

Ivy ne comprenait pas.

— Où était-ce ?

— Dans le tiroir du bas de la commode de Chloé.

Oh. Ivy soupira.

— Elle cache de la nourriture. Juste au cas où nous arrêterions de les nourrir ?

Walker l'attira contre lui et la serra fort.

— Respire, mon cœur. Nous les aiderons à surmonter ça. Chloé est encore incertaine et déterminée à protéger Harper de toutes les manières possibles.

— Et elle a sûrement eu de bonnes raisons de cacher de la nourriture par le passé, dit Ivy en hochant la tête. Nous devons lui en parler.

Mais elle resta là encore un instant, s'imprégnant de la force de Walker. Ils avaient devant eux un peu d'équilibre à restaurer, et elle était contente de l'avoir à ses côtés.

5

———————

Ils attendirent que le déjeuner soit terminé. Walker sortit une boîte de LEGO pour Harper et la plaça assez près d'eux pour que Chloé puisse voir sa petite sœur, mais assez loin pour que Harper ne les entende pas.

Ivy inspira profondément puis sourit à sa fille aînée. Elle pria pour avoir la sagesse que sa mère avait montrée tant de fois au cours des années.

— Papa et moi voulons te parler de quelque chose d'important.

Chloé s'accrocha à sa chaise alors que ses jambes s'agitaient frénétiquement. Elle se mordit la lèvre inférieure, l'air inquiet.

— Que toi et Harper soyez venues vivre avec nous nous rend très heureux. Nous *voulons* être votre maman et votre papa, et ça veut dire que nous promettons de toujours prendre soin de vous.

Chloé lança un coup d'œil à Walker puis revint à Ivy.

— Notre autre maman n'est pas heureuse.

— Non. Votre autre maman est malade, mais elle vous aime

et veut que vous soyez en sécurité, en bonne santé, et que vous ayez beaucoup de bonnes choses à manger.

Walker l'avait dit doucement, mais Chloé commença à se tortiller.

— C'est pour ça qu'elle a accepté que nous soyons votre maman et votre papa pour la vie. Ça ne changera jamais. Vous êtes notre famille pour la vie maintenant. Alors tu n'auras jamais à craindre d'avoir faim ou froid, ni à t'inquiéter que Harper ait faim ou froid.

— Chez *elle* c'est froid, chuchota Chloé.

— Vous n'allez pas retourner dans cette maison, dit Ivy doucement. Nous nous assurerons que notre maison – *votre* maison – reste bien chaude. Et qu'il ait toujours de bonnes choses à manger.

— J'ai bien aimé le déjeuner, dit Chloé. Harper aussi.

— Je suis ravie, dit Ivy en regardant le panier sur le plan de travail avant d'avoir une idée. Mais parfois, tu pourrais avoir faim quand ce n'est pas l'heure du déjeuner ou du dîner. Est-ce que tu sais quoi faire alors ?

Chloé secoua la tête.

— Eh bien, tu peux demander à papa ou à moi, et nous te ferons un en-cas, dit Ivy en croisant le regard de Walker. Et puis nous ferons quelques en-cas spéciaux, qui seront prêts tout le temps. Quand tu en veux un, tu peux le manger. Est-ce que ça te paraît bien ?

Une parfaite incrédulité se lisait sur son visage, mais Chloé hocha la tête.

— La seule règle, c'est que les en-cas doivent être mangés à table. Vous n'avez pas le droit d'emporter la nourriture dans votre chambre ou dans les espaces de jeux. Tu pourras t'en souvenir ? demanda Ivy.

La petite fille s'immobilisa.

— Nous savons que tu t'inquiètes encore et que tu te

demandes comment vont se passer les choses, mais nous vous aimons, toi et Harper, et nous promettons de nous assurer que vous aurez toujours ce dont vous avez besoin.

Walker posa le sac de nourriture sur le plan de travail, et Chloé s'affaissa.

— Nous ne sommes pas en colère que tu aies caché de la nourriture, dit Ivy. Mais vous aimer veut dire que nous voulons que vous soyez en bonne santé. Ces sandwichs ne sont plus bons à manger. Alors préparons quelques sacs d'en-cas ensemble, puis Harper et toi pourrez les manger quand vous voudrez. Tu n'as pas besoin de cacher de la nourriture, d'accord ?

Chloé hocha la tête mais resta silencieuse.

Ensemble, ils coupèrent quelques fruits et les placèrent dans de petits contenants en plastique qui tenaient dans la contreporte du frigo. Ils versèrent des céréales dans des sacs refermables de la taille d'un en-cas.

Harper s'approcha pour voir ce qui se passait juste à temps pour être placée sur un haut tabouret et les aider. Les Cheerios finirent plus sur le plan de travail que dans son sac, mais c'était un maigre prix à payer pour faire un pas de plus vers un futur plus heureux.

Surtout quand, après qu'elles eurent placé les sacs dans le panier et les fruits dans le frigo, Chloé leur dit timidement :

— J'ai faim.

Elle tendit la main dans le panier et en sortit un sac, regardant Walker et Ivy attentivement pour voir leur réaction.

Harper tendit aussi la main vers une collation, prête à l'ouvrir immédiatement.

Mais Chloé la mena vers la table.

— Nous devons nous asseoir ici pour le manger.

— 'K. J'aime bien les Cheer-os, annonça Harper en grimpant sur son rehausseur.

— Moi aussi, dit Walker en se joignant à elle avec son propre petit sachet de céréales.

Il le versa sur la table, Harper bondit sur sa chaise et se pencha pour l'aider. Elle les lui plaça dans la bouche un à la fois. Il fit semblant de lui mordiller les doigts, et Harper riait et gloussait avec un enthousiasme enfantin.

Chloé observait avec une sagesse prudente bien au-delà de son âge, réservant son jugement mais contente pour l'instant.

Ivy réfléchissait encore à la situation deux jours plus tard, le samedi, quand le grand frère de Chloé et Harper, Carter, arriva avec sa grand-mère pour leur visite. La femme vivait une petite ville plus loin, au sud, et leur assistante sociale avait mentionné qu'organiser la visite risquait de prendre du temps. Mais lorsque Ivy avait appelé pour organiser le goûter, la grand-mère de Carter avait accepté immédiatement.

Carter, huit ans, entra précipitamment, retira ses chaussures, puis fonça sur Chloé et Harper dans un élan d'excitation. Chloé le tenait par la main et l'attira avec empressement vers la pile de jouets que Harper et elle avaient apportés dans la salle de jeux qui donnait sur le salon.

Walker salua poliment la grand-mère.

— Merci d'avoir amené Carter.

— Ça m'allait. Je devais venir à Heart Falls chercher un colis à la poste, de toute façon. Ce fichu truc était censé arriver à Lindsor, mais à la place il a été envoyé ici.

Elle regarda la maison, ne lançant pas un seul coup d'œil aux enfants.

— Bel endroit, ajouta-t-elle.

— Merci, répondit Ivy en faisant un geste vers la cuisine. J'ai du thé ou du café, comme vous préférez.

— Du café, c'est bien. Avec du lait et du sucre.

Stéphanie s'installa sur la chaise près des biscuits et se servit. Elle indiqua le jardin.

— Super terrain, mais je ne suis pas sûre des voisins.

Ivy marqua une pause, puis se rendit compte que Stéphanie parlait du cimetière sur la propriété voisine.

— Eh bien, ils sont vraiment très silencieux.

Stéphanie eut un rire moqueur.

— J'ai entendu dire que vous êtes professeur.

— Directrice adjointe à l'école élémentaire de Heart Falls, et institutrice de CE1. Mais je suis en congé pour le reste de l'année scolaire, pour passer du temps avec les filles.

Ivy posa le café devant Stéphanie et s'installa du côté opposé de la table. Cette position lui permettait de lui parler tout en regardant les filles et Carter jouer ensemble.

Les cheveux de Carter étaient plus clairs que ceux des filles, les traits de son visage un peu plus marqués. La couleur de sa peau était un peu plus foncée, et il était aussi un peu trop mince pour que ce soit bon pour sa santé, pensa Ivy. Malgré tout, il s'amusait et riait en poussant une voiture, et Chloé lui renvoyait son rire.

Voir son visage s'illuminer valait de l'or.

Walker avait rejoint les enfants, les aidant discrètement à assembler des sections du circuit qu'ils construisaient.

— Ça doit être bien de prendre des congés comme ça, commenta Stéphanie, ramenant l'attention d'Ivy sur son invitée. Je continue à pointer à l'épicerie. C'est toujours dur d'avoir du boulot, surtout parce que je dois rester à la maison ou revenir du travail en fonction de Carter qui va à l'école.

Elle pianota sur la table.

— Ça vous dérange si je fume ?

— Je suis désolée, on ne fume pas dans la maison, dit Ivy clairement. Mais si vous voulez, nous pouvons aller dehors.

Stéphanie agita la main.

— Je suppose que je peux attendre.

Elle regarda les enfants un moment puis tourna la tête.

— Il est canon.

Ivy cilla. Oh. Elle ne parlait pas des enfants.

— Walker ? Hmm, oui.

— Qu'est-ce qu'il fait dans la vie ? Le message de l'assistante sociale n'avait ni queue ni tête.

— Walker possède un ranch avec ses frères.

— Un fermier, hein ?

Stéphanie lui lança un autre coup d'œil, puis secoua la tête.

— Trop mignon pour être fermier. Dommage que vous ne puissiez pas avoir vos propres enfants. Ils auraient été canon.

Le cerveau et la bouche d'Ivy semblaient être déconnectés l'un de l'autre. Elle n'arrivait absolument pas à trouver une réponse polie.

Mais Stéphanie ne semblait pas en avoir besoin. Elle continua à boire son café et à partager des potins.

— Lindsor n'est pas beaucoup plus grand que Heart Falls, mais je pense que c'est un bien meilleur endroit. Aucun de ces magasins prétentieux des grandes villes ne cherche à s'y installer. Enfin, j'ai vu un commerce près de la poste ici, à Heart Falls, qui a une vitrine pleine de fleurs et un *coffee shop* pompeux juste à côté. Ils font sûrement payer dix dollars une tasse de mauvais café et un gâteau de la veille.

Ivy but son thé et résista à l'envie de dire à Stéphanie que ses sœurs en étaient les propriétaires.

— Non, Lindsor est assez bien pour moi. Assez bien pour ce môme, continua-t-elle en penchant la tête vers Carter. Je vais sans doute devoir m'en occuper jusqu'à ce qu'il soit assez grand pour atterrir en prison, lui aussi, comme son père.

— Nous ne savons jamais tout le bien que nous pouvons faire dans la vie de quelqu'un, en étant là pour lui, avança Ivy. Je sais qu'à l'école nous...

— Mon fils ne m'a jamais écoutée. Je ne vois pas pourquoi

je devrais m'attendre à ce que son fils fasse quoi que ce soit de différent, l'interrompit Stéphanie.

Bon, parfait. Ces visites allaient être gênantes à partir de maintenant. Aucun point commun et Ivy qui développait une aversion grandissante envers cette femme.

Ivy essaya d'être compréhensive. Ce devait être dur pour quelqu'un comme Stéphanie, qui approchait les soixante-dix ans, de s'occuper d'un jeune garçon.

— Quand avez-vous accueilli Carter ? demanda Ivy.

Elle connaissait certains détails mais elle était curieuse de savoir de quelle manière Stéphanie présenterait la situation.

— Il y a six longues années, répondit Stéphanie. Il avait deux ans, et sa mère s'est retrouvée enceinte de la fille la plus âgée, là-bas.

Elle montra Chloé du doigt.

— Elle avait un nouveau petit ami qui ne voulait pas de lui. Bien sûr, mon Grant vivait à la maison à ce moment-là, alors il m'a un peu aidée. Mais pas beaucoup. Puis il s'est enfui et a eu des problèmes, alors j'ai gardé le garçon toute seule pendant des années.

— Si vous avez un jour besoin que nous gardions Carter pour vous, faites-le-nous savoir, proposa Ivy. Et si vous voulez que nous emmenions les filles chez vous pour rendre visite à Carter, nous sommes plus que prêts.

— Elles ne sont pas à moi, dit Stéphanie franchement. Ils m'ont demandé de prendre les filles, vous savez, quand leur mère ne pouvait pas gérer, mais il était hors de question que j'en élève deux de plus. Pas à mon âge. C'est déjà assez pénible d'avoir un gosse dans les pattes, mais au moins il est de mon sang. C'est la seule raison pour laquelle il vaut quelque chose.

Ivy lutta contre sa colère, elle avait vraiment envie lui répondre sèchement. Mais elle ne voulait pas que Stéphanie mette fin aux visites, alors que Chloé et Harper aimaient si clairement leur frère.

Mais heureusement, les enfants étaient en ce moment avec Walker, hors de portée de voix. Quelle chose horrible à dire. Quelle manière horrible de penser à qui que ce soit, encore plus à un enfant.

Ivy inspira profondément puis répéta le plus importante.

— Eh bien, souvenez-vous, si vous avez besoin d'aide, nous sommes disponibles.

Puis Ivy fit une chose qu'elle n'aurait jamais imaginé faire avec n'importe quel autre visiteur. Elle poussa la télécommande vers Stéphanie.

— Je vais aller passer du temps avec les enfants. N'hésitez pas à vous distraire.

Stéphanie attrapa la télécommande et choisit un programme.

Ivy s'était éloignée avant de voir ce qui passait à la télé. Elle enfila son manteau et rejoignit Walker et les enfants qui se préparaient à aller jouer dans le jardin.

Walker haussa un sourcil.

— Tout va bien ?

— Tout sauf ma tension, marmonna Ivy. Je t'en dirai plus tout à l'heure.

L'heure de visite que Stéphanie avait acceptée fila à toute allure. Ils se rassemblèrent sur le pas de la porte alors que Stéphanie terminait les dernières bouffées de sa cigarette et qu'elle regardait le cimetière de l'autre côté de la cour en secouant légèrement la tête.

— C'est l'heure de partir, annonça-t-elle. Merci pour le café.

— Je vous appellerai pour organiser une autre réunion pour les enfants. Nous pourrons venir vous voir si c'est plus facile pour vous, proposa Walker.

Stéphanie haussa les épaules puis se dirigea vers le trottoir.

Carter marqua une pause puis leva rapidement les yeux vers Ivy et Walker.

— Merci pour la visite et les biscuits.

— De rien. On se reverra bientôt, d'accord ? dit Walker doucement.

Chloé et Harper étreignirent Carter puis restèrent sous le porche avec Ivy et Walker en agitant la main sans s'arrêter.

Carter ne leur rendit pas leur geste. Il se retourna et suivit sa grand-mère dans l'allée puis dans la voiture, le regard rivé droit devant lui comme si ses sœurs n'étaient pas là.

Mais, lorsque la voiture s'éloigna, il se retourna et regarda fixement ses sœurs jusqu'à ce que l'auto disparaisse.

6

---

zz. Bzz, bzzzzzz.

Walker ne savait pas quelle heure il était, mais il était encore au lit, à l'aise et au chaud. Deux semaines étaient passées depuis l'arrivée des filles, et il devait admettre qu'il appréciait le congé qu'il avait pris pour être avec elles.

Silver Stone s'était arrangé pour qu'il ait les six mois complets de congé de paternité… Sa famille, comme toujours, continuait de donner sans compter. Avoir aussi Ivy à la maison rendait les choses nettement plus faciles pendant que Chloé et Harper prenaient leurs marques.

De plus, faire la grasse matinée était toujours un luxe. Ivy était pelotonnée contre lui…

Attendez. Elle n'était pas seulement pelotonnée contre lui, elle le poussait vers le bord du matelas.

Oh. Il se redressa et regarda par-dessus Ivy.

Harper était placée de l'autre côté du lit, contre sa mère. Pouce dans la bouche, ses doigts lui agrippant la natte.

Bzzzzzz.

Ah oui. Il avait été réveillé. Quelqu'un était à la porte.

Walker se dépêcha de sortir du lit, attrapa une robe de chambre et l'enfila prestement en traversant la maison à grands pas.

Une robe de chambre. Hum. Il n'en avait jamais eu de sa vie, mais cela avait semblé être le vêtement approprié pour éviter de choquer les filles et pouvoir traverser la maison sans s'habiller de pied en cape.

Il regarda par le panneau latéral de la porte d'entrée puis l'ouvrit en grand, clignant des yeux de surprise.

— Ginny ? Tucker ?

— Bouge-toi, grand frère. On a des choses à faire, du bacon à consommer.

Ginny passa à côté de lui, un panier surdimensionné pendu au bras, alors qu'elle lançait pour la maisonnée :

— Ivy ! Réveille-toi. Chloé, Harper ! J'ai besoin de votre aide.

Sa sœur était une force de la nature. Walker secoua la tête pour se remettre les idées en place et se tourna vers Tucker.

— Bonjour, je suppose.

Le fiancé de sa sœur lui lança un grand sourire.

— Bonjour. Désolé de vous avoir réveillés, mais quand Ginny a une idée dans la tête, on ne peut pas l'arrêter.

— Je sais, ronchonna Walker en s'étirant brièvement avant de s'éloigner. Fais comme chez toi. Ginny l'a à l'évidence déjà fait.

Le rire de Tucker flotta derrière lui tandis que Walker retournait dans sa chambre pour s'habiller. Il marqua une pause en chemin pour vérifier la chambre des filles. Chloé remuait sur son lit, à moitié réveillée.

La regarder un instant – savoir qu'elle était enfin là, blottie dans son lit et sous leur toit – relevait du besoin instinctif.

Quand il ferma la porte et regagna sa chambre, Ivy avait les yeux ouverts et les clignait désespérément. Elle lança un coup d'œil à Harper, toujours pelotonnée contre elle, puis s'adressa doucement à lui :

— Où est l'urgence ?

— Chez nous, je suppose. Ma sœur a décidé de nous envahir. Elle a apporté le petit déjeuner.

Il marqua une pause.

— En tout cas, on dirait qu'elle a apporté le petit déjeuner.

— Comment est-ce que... Peu importe. C'est Ginny. Je comprends.

Ivy passa les bras autour de Harper et la rapprocha d'elle. Le bonheur illuminait son visage.

— Nous nous lèverons dans un petit moment. C'est trop chou pour y couper court.

— Je suis d'accord, dit Walker en se penchant pour embrasser Harper sur le front. Je t'aime, petite.

Puis il en déposa un sur le front d'Ivy.

— Je t'aime aussi, ajouta-t-il.

Elle lui lança un clin d'œil puis ferma les yeux et serra fort Harper.

Dans la cuisine, Ginny réchauffait le bacon promis sur la cuisinière. Elle avait mis le café en route et faisait chauffer une poêle pour préparer des pancakes.

— Je suppose que, puisque tu prévois de réveiller toute la maison, cuisiner apaise la douleur, la taquina Walker.

Elle posa un énorme mug de café devant lui, puis remplit celui de Tucker aussi.

— Quoi, pas de petit sucre ? râla ce dernier.

Ginny posa la verseuse sur la table, puis s'assit sur ses cuisses pour l'embrasser tendrement.

— Je suis là, râla Walker.

Mais il se mit à rire.

C'était bien de voir sa petite sœur à l'évidence aussi

amoureuse. Et Tucker était ce qui se rapprochait le plus d'un frère, alors qu'il soit là n'était pas un problème.

Tucker poussa un soupir d'aise alors que Ginny bondissait sur ses pieds. Il lui tapota les fesses avant qu'elle ne soit hors de portée.

— J'ai toujours besoin de sucre, déesse.

— Sentimental.

Le regard de son futur beau-frère restait collé aux fesses de Ginny comme de la glu.

— Ce n'est pas ce que tu disais hier soir.

— O.K., ça suffit, protesta Walker. Je n'ai pas besoin d'entendre certaines choses.

— Tu es tellement impoli, se plaignit Ginny, mais elle riait trop fort pour être sérieusement offensée. Sur un autre sujet, Walker, comment ça se passe ?

Comment résumer les changements qui avaient bouleversé sa vie en quelques courtes semaines ?

Impossible, surtout avec la gamme variée d'émotions qu'Ivy et lui géraient. Il y avait des moments difficiles avec Chloé et Harper, mais tant d'autres étaient remplis de joie !

Harper faisait encore pipi au lit, mais seulement quand elle dormait seule. Quand elle se glissait auprès de Chloé ou grimpait dans le lit près d'Ivy, elle n'avait aucun problème.

Chloé restait peu encline à sourire, mais pour l'instant ils n'avaient pas découvert de nouvelle réserve de nourriture.

Mais c'était la situation Carter que Walker avait sans arrêt retournée dans son esprit. Pauvre gamin. Ce petit garçon était coincé dans une position difficile, et tout ce qu'Ivy et lui pouvaient faire, c'était essayer de faire une différence durant les courts moments qu'ils obtenaient.

Walker écarta ses inquiétudes et pensa à toutes les bonnes choses, et soudain il sut exactement ce qu'il devait déclarer.

Il lança un sourire tranquille à sa sœur.

— Il te faut des enfants. Tout de suite.

— J'ai des enfants, dit-elle. Trois du côté de Caleb, trois du côté de Dare, et maintenant deux de ton côté. Et puis, on dirait qu'il y a toujours quelqu'un qui vient à Silver Stone avec un bébé ou deux à câliner.

Walker secoua la tête.

— Si tu n'aimais pas les enfants, ou que tu n'en voulais pas un jour, je ne dirais pas ça. Mais tu es faite pour les enfants, Ginny. Et je te le dis, on ne peut pas expliquer ce qu'on ressent quand ce sont les nôtres. C'est tellement plus ! J'aime les enfants de Caleb, mais Harper et Chloé ont emprisonné mon cœur entre leurs doigts.

— Ça a l'air dangereux, répondit Ginny en le serrant fort dans ses bras. Je suis si heureuse pour toi ! Pour toi et Ivy.

— Merci.

Elle se retourna vers la cuisinière et entreprit de taper dessus, s'en donnant à cœur joie avec les percussions.

— Je suis sérieux. Travaille sur cette histoire de gamins, suggéra Walker en croisant le regard de Tucker.

Il méritait d'être un peu harcelé pour son commentaire d'un peu plus tôt.

— Demande si tu as besoin de conseils pour faire en sorte que ça arrive, ajouta-t-il.

— Laisse-moi retirer l'autre sujet de la liste d'abord, lui dit Tucker.

— Qui est ?

Tucker leva le menton vers Ginny.

— Elle te le dira bien assez tôt. C'est pour ça que nous sommes là.

— Bien. Je vais retenir mes questions. Que se passe-t-il à Silver Stone ?

Walker termina de se réveiller pendant que Tucker lui donnait les dernières nouvelles du ranch.

Chloé et Harper arrivèrent dans la cuisine en pyjama. Harper s'approcha et étreignit Walker, puis leva la tête pour qu'il l'embrasse.

Chloé restait comme toujours en retrait. Mais elle sourit, puis examina Tucker. Son regard noir s'adoucit quand elle le reconnut.

— Hé, petite, dit Tucker. Tu voles un morceau de bacon pour moi ?

Walker fronça les sourcils.

— *Tucker*.

Celui-ci écarquilla les yeux, puis se mit à tousser. On lui avait parlé de l'incident de la réserve de nourriture mais il avait à l'évidence oublié.

— Oh, c'est vrai ! Désolé. Est-ce que je pourrais avoir un morceau de bacon, *s'il te plaît*, tata Ginny ?

Elle en attrapa un sur l'assiette et le lui apporta.

— Je t'aime, murmura-t-elle en l'embrassant sur la tempe. Trublion.

— Je t'aime aussi. Merci pour mon bacon, lança-t-il derrière elle.

Puis il demanda à Harper :

— Tu en veux la moitié ?

Harper secoua la tête, se blottissant plus fort contre Walker.

Ça ne le dérangeait. Pas du tout.

— Ça sent merveilleusement bon ici, dit Ivy en marquant une pause près de l'îlot de la cuisine. Merci d'être venue, Ginny.

De rien.

Elle attrapa une tasse et la plaça entre les mains d'Ivy.

— Maintenant que nous sommes tous là, allons dans le salon, ordonna-t-elle.

Ivy croisa le regard de Walker.

Il haussa les épaules.

— Comme tu veux, à ce stade, mais elle a apporté du bacon et a commencé des piles de pancakes. Je vote pour qu'on la laisse continuer.

Ginny lui tira la langue, puis fila dans le confortable salon.

Elle guida tout le monde vers l'endroit où elle voulait qu'ils s'assoient. Les filles sur un canapé, elle, Walker et Tucker sur l'autre. Ivy resta à part.

Puis Ginny se pencha en avant sur ses coudes et parla aux filles.

— Tonton Tucker et moi allons nous marier dans deux semaines, leur rappela Ginny. C'est ce que veut dire… ceci !

Elle leva la main, où étincelait une bague.

Harper rampa sur le canapé, regardant la bague de Ginny.

— C'est choli.

— Oui. Alors, quand nous nous marions, c'est la tradition d'avoir d'autres jolies choses autour, dit Ginny.

— Autour de la *mariée*, glissa Tucker rapidement.

Il se redressa et se tapota fièrement le torse.

— Le marié a le droit d'être beau, intelligent et absolument génial. C'est mon travail.

Chloé et Harper le regardèrent sans un mot.

Il grogna puis lança un clin d'œil à Walker.

— Public difficile.

Ginny roula les yeux.

— Ignorez-le. Il a choisi le menu pour le dîner du mariage. J'ai le droit de décider du reste.

— Ça me paraît un excellent plan, dit Walker en hochant la tête avec sagesse. Le repas est la partie la plus importante de la journée… *Ouille !*

Il se frotta les côtes où Ginny avait enfoncé le coude.

— Je suis sûr que c'était un accident, tata Ginny, continua-t-il. Nous ne donnons pas des coups de coude dans cette maison.

— Donner des coups de coude à ses frères est une nécessité, alors ça ne peut pas être contre les règles, répondit-elle en posant les poings sur ses hanches. Est-ce que ça te dérange ? J'essaie de dire quelque chose d'important aux filles.

On entendit rire du côté du fauteuil surdimensionné dont Ivy avait depuis longtemps pris possession.

— Alors dis-leur, ordonna-t-elle doucement. Tu m'as rendue curieuse.

Ginny se mit à genoux devant Chloé et Harper.

— Quand tonton Tucker et moi nous marierons, je dois marcher jusqu'à lui et j'ai le droit d'être accompagnée pour rendre ce trajet spécial. Je veux avoir tous mes neveux et nièces avec moi. Sasha et Emma sont mes demoiselles d'honneur. Le petit Tyler est le porteur d'anneaux. Et j'aimerais que vous deux soyez mes semeuses de fleurs.

Une image apparut dans l'esprit de Walker, ses filles faisant partie de la fête. Il dut détourner la tête un instant pour garder contenance.

On pouvait compter sur Ginny pour trouver un moyen de faire de *sa* journée spéciale un moment où créer des liens familiaux, pour que les filles sentent qu'on les intégrait aux réjouissances, au lieu de se concentrer seulement sur elle et Tucker.

Chloé pencha la tête.

— J'ai vu des mariages à la télé. Est-ce qu'on aura des vêtements chics ? Et on portera des paniers ?

Ginny réfléchit.

— Eh bien, oui pour les paniers. Les vêtements seront jolis et neufs, mais nous ne faisons pas les choses d'une manière trop prout prout. Nous organisons le mariage à Silver Stone, dans une des écuries, alors vous devrez vous habiller avec vos plus beaux vêtements de western.

— Mariés avec les cevaux ? chuchota Harper avec émerveillement.

Un petit rire échappa à Ginny.

— Les chevaux ne viennent pas à la cérémonie. Ce sera dans le fenil, et ils ne peuvent pas grimper les escaliers.

Chloé glissa de son siège et se rapprocha.

— Je veux être une semeuse de pétales.

Harper rampa pratiquement sur les genoux de Ginny.

— Moi aussi. Avec les satons.

Parce que les chatons vivaient dans le fenil. Walker était très fier qu'elle sache déjà ça.

— Je suis très contente. Merci.

L'expression de Ginny s'épanouit de plaisir alors qu'elle regardait Walker de l'autre côté de la pièce. Elle étreignit rapidement Harper avant de hocher joyeusement la tête.

— Maintenant, terminons de préparer le petit déjeuner. Après, nous regarderons des photos en ligne et vous pourrez choisir vos tenues de semeuses de pétales.

Harper et Chloé filèrent vers la cuisine, et Tucker les accompagna.

Ivy marqua une pause alors que Ginny se levait.

— Tu es une tata géniale. Merci.

— Je les adore, dit Ginny en haussant les épaules avant d'attirer l'attention de Walker. Au fait, ton essayage de smoking est pour mercredi. J'ai besoin que mes frères soient soignés pour les photos.

Walker se mit à rire puis l'attira à lui pour la serrer dans ses bras.

— Premièrement, ce sont des conneries, cet essayage de smoking. Comme si tu nous voulais dans ces costumes de pingouin. Deuxièmement, je t'aime, dit-il en l'embrassant sur la joue. Tu es une sœur géniale.

Ginny lui tapota le dos.

— Être génial, c'est de famille. Maintenant, allons manger du bacon.

7

INTERLUDE : UN MARIAGE
GINNY

10 février, ranch de Silver Stone.

Une journée de tristesse. Une journée de bonheur.

Ginny Stone passa lentement la brosse dans ses cheveux et regarda le sol enneigé par la fenêtre tout en terminant de se préparer.

Les souvenirs l'envahissaient.

Quinze ans plus tôt, la famille Stone avait découvert que les parents ne rentreraient jamais à la maison. Des moments difficiles avaient suivi, des moments chargés d'émotion, mais finalement, ils avaient tous retrouvé comment vivre. Comment rire, se rassembler et trouver le bonheur.

La tristesse n'avait jamais vraiment disparu, mais la vie avait continué et était redevenue douce. Voilà pourquoi Ginny et Tucker avaient choisi cette date pour se marier. Un autre bon souvenir à ajouter aux tristes.

En proie à ces émotions mêlées, elle ne savait pas si elle se tenait sur ses pieds ou si elle flottait à quelques centimètres du sol. Ginny regarda encore une fois le miroir, mais elle était aussi prête qu'elle pouvait l'être.

Elle avait choisi de laisser ses longs cheveux lâchés, ramenés derrière l'oreille d'un côté, comme d'habitude. Un maquillage très simple, surtout de l'eye-liner et du gloss pour mettre ses lèvres en valeur. Elle avait l'air plus que présentable, jugea-t-elle.

Il était temps de s'assurer que les toutes nouvelles petites Stone trouvent *leurs* marques.

Ginny sortit de la salle de bains du cottage qu'elle partageait avec Tucker et entra dans le coin cuisine-salon. Ce matin-là, Dare, la sœur adoptive et meilleure amie de Ginny, était revenue à Silver Stone avec ses trois garçons et son mari pour les aider dans les derniers préparatifs du mariage. Le petit espace de vie qui avait été à l'origine le foyer de Dare s'était transformé en vestiaire et salon d'habillage pour les femmes de la noce.

Heureusement, c'était un petit groupe. Ses quatre nièces, Ivy, Dare et elle-même.

Harper, quatre ans, était assise sur les genoux d'Ivy à table, plus intéressée à fixer Dare du regard qu'à préparer son panier de fleurs. Chloé avait commencé lentement, mais fouillait désormais avec enthousiasme dans toutes les fleurs que sa nouvelle tata Rose avait apportées du magasin de fleurs dans un énorme seau.

Dare l'aidait, surtout en replaçant les tiges écartées dans le seau. Elle leva les yeux lorsque Ginny entra dans la pièce et lui lança un clin d'œil, mais resta muette parce que Harper chantait faux en regardant sa sœur. Elle fredonnait une mignonne chanson de petite fille sur les fleurs qui aimaient danser.

Chloé en sélectionna certaines, en rejeta d'autres,

réorganisant sans relâche son panier et celui de Harper. Maintenant, certaines des tiges étaient cassées, et quelques pétales étaient tombés après avoir été manipulés par des petits doigts, mais pour Ginny, les arrangements avaient l'air magnifiques.

— Ils sont comme tu veux ? demanda-t-elle.

— Presque, répondit Chloé en plissant le nez pour réfléchir. On a besoin de plus de bleu.

Sasha, la nièce la plus âgée de Ginny, se pencha de l'autre côté de la table et examina les paniers avec toute la sagesse et l'expérience de ses treize ans.

— Si tu ajoutes quelques fleurs blanches, les autres auront l'air plus vives, y compris les bleues.

La plus jeune réfléchit, puis attrapa une poignée de fleurs de plus. Elle les tendit à Sasha.

— Aide-moi.

— D'accord, répondit Sasha avec empressement.

Les voir la tête penchée sur les paniers était adorable. Ginny croisa le regard d'Ivy, et elles se sourirent.

— Tata Ginny, ça ne marche pas, se plaignit Emma. Aide-moi pour que ce soit bien droit, s'il te plaît.

Sa nièce numéro deux avait rejeté l'idée de la jupe en jean, de la robe à carreaux ou toute autre option présentée. Elle avait vu ce que Caleb allait porter et avait décidé que si c'était assez bien pour son père, c'était assez bien pour elle. À onze ans, le gilet noir sur une chemise blanche associés à une fine cravate en cuir formait un contraste frappant avec sa tête couverte de boucles blondes rebondissantes, mais tel était le choix d'Emma. Ce qui voulait dire que Ginny était déterminée à ce que ça fonctionne.

— Je peux arranger ce problème. Ta chemise doit être rentrée pour que le gilet ne remonte pas dans le dos, expliqua

Ginny en l'aidant à lisser le tissu. Mais demande à tata Ivy de t'aider pour la cravate. Je ne suis pas douée pour ça.

— Alors qui aide tonton Tucker avec ses cravates ? demanda Emma sérieusement.

Ginny ne put s'empêcher de ricaner.

— Ma puce, j'ai vu Tucker en costume exactement... zéro fois. Je ne m'attends pas à ce que ça change à partir de maintenant, alors s'il a besoin d'aide, il devra venir voir ton père.

— Papa est doué pour attacher les cravates, mais notre maman est encore meilleure, dit Sasha tranquillement avant de hocher la tête d'un air entendu vers Chloé. Tata Kelli dit que les cravates sont comme des rênes sur un bon cheval...

— Est-ce que cette citation de Kelli convient aux jeunes oreilles ? l'interrompit Ginny rapidement.

Parce que parfois elles s'avéraient être affreusement osées, sans que ce soit la faute de la pauvre Kelli.

Sasha eut l'air perplexe en réfléchissant.

— Elle dit que les rênes et les cravates sont plus pour faire joli qu'autre chose.

Dare se mit à rire.

— Une très bonne citation de Kelli.

Ivy fit signe à Emma de s'approcher.

— Viens, je vais t'aider. Harper, est-ce qu'il y a des fleurs que tu veux ajouter à ton panier ? Nous devons bientôt y aller, alors aide Chloé à mettre les dernières fleurs.

Harper quitta les genoux d'Ivy et rampa sur la chaise à côté de Chloé pour examiner son panier.

— C'est choli.

— C'est très joli, acquiesça Sasha. Est-ce que tu veux en ajouter d'autres ?

Pendant que Harper réfléchissait et qu'Ivy terminait le nœud d'Emma, Ginny enfila ses nouvelles bottes.

— Tu es incroyable. Tucker va tomber à la renverse quand il te verra, l'informa Dare discrètement en travaillant. Tu as l'air heureuse.

— Je le suis, et j'ai de la chance.

Ginny marqua une pause avant d'enfiler la deuxième botte puis étreignit Dare impulsivement.

— Merci d'être venue un jeudi pour nous rejoindre.

— C'est normal, répondit Dare avec un grand sourire. Ça n'a rien d'une corvée. Puisque nous restons dans le coin, ça me fait des mini-vacances pour m'occuper de mon ancien logement pendant que Tucker et toi partez en lune de miel.

— Des *vacances* ? Tu as Jesse et les trois garçons avec toi.

— Ha ! répliqua Dare, qui sourit de plus belle. Entre Tamara, Sasha et Emma, tu crois vraiment que je verrai la moindre trace de mes bébés tout le temps où je serai à Silver Stone ?

— Bien. Bonnes vacances. Pas de sexe dans notre lit, la prévint Ginny dans un chuchotement.

Dare haussa un sourcil. Puis émit un son moqueur.

— Bon, soit. Au moins, ne m'en *parle* pas.

Ginny se mit à rire lorsque Dare toucha son épaule de la sienne.

— Je t'aime, Truth[1], dit Dare avec son éternelle aisance. Je suis si heureuse pour toi !

— Je t'aime, Dare, répondit Ginny en l'étreignant encore pour s'empêcher de pleurer avant de retourner à la tâche de s'habiller.

Comme les filles, sa tenue de mariée était simple et avait été achetée surtout parce qu'elle pourrait porter le tout nouveau jean et le joli chemisier couleur crème plus d'une fois.

---

1. NdT : « Truth or dare » est la version anglophone du jeu « action ou vérité », d'où le jeu de mots.

Mais les bottes de cow-boy étaient un luxe. Haut de gamme, brodées de toutes parts, Ginny trouvait qu'elles étaient la plus jolie chose qu'elle avait jamais vue.

Jusqu'à ce qu'elle se retourne et aperçoive les quatre filles alignées qui attendaient l'inspection.

— Nous sommes prêtes, annonça Emma.

En pantalon ou jupe en jean avec des chemises à carreaux, trois filles aux cheveux bruns et une aux cheveux blonds lui souriaient. Mignonnes comme tout, mais les voir ensemble embua les yeux de Ginny. Elle avait *quatre* nièces désormais, et c'était tout simplement parfait.

— Vous êtes toutes magnifiques. Faisons des photos avant d'y aller.

Elle sortit son téléphone et en prit quelques-unes.

— Mets-toi avec elles, ordonna Ivy alors qu'elle et Dare sortaient aussi leurs téléphones. Je veux quelques clichés de la future mariée et de ses accompagnatrices.

Ginny obéit volontiers, quelque peu soulagée de remarquer qu'elle n'était pas la seule à s'essuyer les yeux.

— Oups, une dernière chose, dit Dare en sortant de sa poche deux chaînes avec des anneaux dessus. Harper. Chloé. Votre cousin le plus jeune, Tyler, a un rhume, ce qui veut dire qu'il est un peu trop malade pour nous aider aujourd'hui. Il va traîner avec tata Tamara au lieu d'être notre porteur d'anneaux. Ça veut dire que vous devez tenir les anneaux jusqu'à ce que M. Fields dise qu'il en a besoin. J'en ai fait des colliers pour que vous les portiez.

L'air émerveillé, les petites filles penchèrent la tête pour accepter les chaînes.

Une série de pauses pipi s'ensuivit, puis on enfila les manteaux, et elles partirent du minuscule cottage vers le niveau supérieur de l'écurie principale pour la cérémonie.

D'autres membres de la famille attendaient pour apporter

leur aide à l'organisation finale. Dare alla sauver son mari. On emmena les filles, et Ginny se mit à l'écart en attendant.

Avant d'aller avec les filles, Ivy étreignit Ginny en la serrant un peu plus longtemps que d'habitude.

— Merci pour ces souvenirs, chuchota-t-elle. Pour en avoir fait une journée qu'elles n'oublieront jamais.

— Merci de leur avoir ouvert ton cœur, dit Ginny. Tu me fais penser qu'il pourrait être temps de commencer à avoir quelques enfants, moi aussi. Même si je ne pense pas utiliser la méthode *mettez-m'en deux d'un coup*.

Ivy l'embrassa sur la joue puis s'éclipsa pour rejoindre les filles.

Ginny se tenait à l'arrière de la grande ouverture entre les ballots de foin et attendait, fermant les yeux et imaginant ses parents. Elle essaya d'imaginer ce qu'ils diraient et feraient en cet instant, mais les images étaient floues. Elle avait de bons souvenirs d'eux et avait été guidée par la sagesse qu'ils avaient laissée derrière eux.

Mais ils n'étaient pas là en cet instant.

— Tu es prête ?

Son grand frère Caleb se tenait près d'elle.

Ses parents n'étaient pas là, mais *lui* si. Il avait toujours été là. Tout comme tous les garçons, mais Caleb en particulier était devenu comme un père pour elle.

Ginny passa les bras autour de son cou et le serra fort.

— Merci d'être là pour moi.

— Toujours, promit-il de son ton bourru habituel mais aussi tellement doux.

Elle entendit du bruit de l'autre côté et se retourna. Dustin apparut. Il avait les joues rouges, mais il accepta lui aussi son étreinte. Quand elle lui avait demandé de la mener à l'autel avec Caleb, son petit frère avait rayonné de fierté.

Ginny glissa les mains dans le creux de leurs coudes, les

plaçant pour avoir un de ses frères de chaque côté alors qu'ils attendaient que les filles passent en premier.

— Mon plus grand frère et mon plus petit frère qui m'escortent jusqu'à l'autel. Parfait.

Dustin lui lança un grand sourire.

— Allons te marier avant que Tucker ne reprenne ses esprits.

Ginny se mit à rire. Elle lança un coup d'œil vers l'autre côté du fenil, où des visages chers de la famille et des amis étaient tournés vers elle. Malachi Fields attendait devant pour superviser la cérémonie. Dare se tenait sur un côté, le bras de son mari Jesse passé autour de ses épaules, leurs trois petits garçons placés devant eux comme des dominos alignés.

Tamara se tenait de l'autre côté du groupe, Tyler, ensommeillé et les joues roses, dans ses bras. Ses paupières s'abaissaient alors qu'il luttait pour rester éveillé. Kelli était là aussi, et elle leva rapidement le pouce vers Ginny.

Devant, Luke et Walker – ses frères, qui avaient si souvent été ses complices au cours des années – lui souriaient. Le regard de Walker avait beau dériver vers ses filles, on pouvait lui pardonner.

Ginny absorba tout ça avant de croiser le regard de Tucker. Il se tenait entre Luke et Walker, grand, solide et si beau que le cœur de Ginny bondit. Il portait lui aussi un jean tout neuf d'un noir immaculé. Il avait mis par-dessus sa chemise blanche un gilet noir ajusté et une mince cravate – parfaitement nouée – ainsi qu'un tout nouveau chapeau de cow-boy noir.

Elle savait que les filles avançaient, elle savait que la musique jouait. Ses frères se tenaient de chaque côté comme de grands et forts piliers de soutien. Mais l'amour dans les yeux de Tucker était la chose la plus grande et importante de toutes.

Quand ce fut enfin le bon moment, Ginny Stone inspira profondément et marcha vers l'amour.

8

INTERLUDE : UN MARIAGE
TUCKER

*L*es fleurs dans le panier de Harper s'agitaient.

Tucker ne savait pas quand il l'avait remarqué. Entre le stress à attendre que la fichue cérémonie démarre, et son excitation que cette journée arrive enfin, il y avait tant d'autres choses à gérer !

Les petites filles de Walker et Ivy se tenaient juste derrière les spectateurs assis sur les ballots de foin disposés en deux rangées. Même si ça pouvait être Harper qui faisait trembler le panier tant elle était excitée, ça n'expliquait pas la manière dont les fleurs se *soulevaient* de temps à autre.

— Tu tressailles comme si tu prévoyais de filer dit Luke en le regardant durement. N'y pense même pas.

— S'il s'enfuit, nous le scotcherons à un cheval pour le ramener, suggéra Walker. Ça finit toujours par les calmer.

— De vrais clowns, tous les deux, dit Tucker d'un ton pince-sans-rire. J'espère que quelqu'un garde un œil sur votre sœur. Je crois que c'est elle qui risque de filer si elle en a l'occasion.

— Non. Curieusement, tu l'as convaincue que tu es le parti

du siècle, dit Luke en lui donnant un léger coup de poing sur le bras. Beau boulot. Ça va être tellement plus facile de te tourmenter maintenant que tu vas devenir officiellement un frère.

— Plus facile ? Comment est-ce que ça peut devenir *plus facile* ? Vous me tourmentez tout le temps.

— Tiens-toi droit. Il y a du mouvement à l'autre bout du fenil, prévint Walker avant de soupirer joyeusement alors que la musique commençait.

Chloé prit Harper par la main, et elles commencèrent à avancer lentement vers lui.

— Est-ce que ce ne sont pas les plus mignonnes ? À chaque fois que je les regarde, mon cœur s'emballe, et je ne peux pas m'empêcher de sourire.

— Tu as de la chance, dit Luke doucement.

Les semeuses de fleurs étaient suivies de Sasha et d'Emma, qui avançaient solennellement dans l'allée.

Mais Tucker avait repéré Ginny, et il n'arrivait pas à détourner les yeux.

Le bleu foncé de son jean contrastait avec la couleur crème de son chemisier. Ce dernier était couvert de volants, et Tucker avait hâte de chercher sous cette masse pour dévoiler Ginny une fois que le cérémonial serait terminé. Ses cheveux bruns flottaient sur ses épaules, elle marchait d'un pas ferme vers lui dans des bottes couleur crème. Absolument pas pratiques, bien que très jolies, et il sourit.

Ginny déraisonnable pour le jour de leur mariage ? Il était aux anges. Cette fichue femme passait tout son temps à chercher comment rendre tout le monde heureux autour d'elle, alors il était ravi de voir une pointe de frivolité qui voulait dire qu'elle aussi était prête à être heureuse.

Quelques fleurs tombèrent dans l'allée, attirant son attention. Harper remonta son panier plus haut et plaça son bras dessous comme si le tout pesait bien plus qu'une brassée de fleurs n'aurait dû.

Lorsque la tête d'un chaton pointa brièvement, Tucker laissa apparaître un grand sourire. Il croisa de nouveau le regard de Ginny. La famille Stone était toujours prête pour une surprise ou deux. Que Ginny et lui se marient n'était pas une raison pour que ça change.

Il dut se perdre de nouveau un moment dans ses yeux, parce que, l'instant d'après, les filles, les fleurs et le chaton étaient tous hors de vue et Ginny était là. Juste devant lui.

Elle embrassa rapidement Caleb et Dustin sur la joue avant de les pousser assez brusquement sur le côté.

— Hors de mon chemin, les gars. Je me marie.

Tucker se mit à rire.

— Hé, déesse. Tu es prête ?

— Tout à fait prête, lui assura-t-elle. Bonjour, M. Fields.

— Ginny, répondit Malachi en hochant la tête. Si vous êtes prêts, je vais attirer l'attention et nous pourrons en finir.

— Je suis prêt, annonça Tucker fermement. Je le suis depuis toujours.

Ce fut au tour de Ginny de rire.

— Je sais. J'ai été tellement méchante de te faire attendre !

Elle baissa la voix pour prendre un ton sensuel.

— Je promets de faire en sorte que ça en vaille la peine plus tard.

Malachi toussa légèrement puis éleva la voix pour l'assemblée.

— Et il semble que nous soyons prêts.

— Avant que Ginny ne dise quelque chose d'autre qui vous fasse rougir, le taquina Tucker.

Malachi secoua la tête, mais il souriait alors qu'il commençait et se tournait vers l'assemblée.

— C'est un privilège pour moi de pouvoir présider des

événements comme celui d'aujourd'hui. C'est toujours excitant de voir deux jeunes personnes prendre un engagement l'une envers l'autre, devant l'éternité. Mais je me rappelle toujours que, même si c'est un événement spécial, ce n'est qu'*un* jour. Une étape dans un voyage qui dure des années. C'est pour ça que, parfois, quand un couple échange ses vœux, je ressens un peu d'appréhension. Je me demande s'ils savent que le voyage ne sera pas toujours facile. Que les collines seront fatigantes, et que les vallées risquent d'être profondes, mais que, même pendant les moments difficiles, il peut y avoir de la joie.

Il se tourna et posa les mains sur les épaules de Tucker et Ginny.

— Mais aujourd'hui, je ne ressens que du bonheur. Non pas parce qu'il y aurait une garantie que votre voyage soit un long fleuve tranquille, mais parce que vous avez déjà prouvé que vous savez comment affronter les tempêtes. Ensemble. L'un avec l'autre, et avec le soutien des gens que vous aimez et qui vous aiment.

Malachi les fit tourner vers le fenil, vers la famille et les amis qui étaient assis à les regarder. Tous les Stone étaient présents, et la famille Fields aussi. Certains des ouvriers du ranch que Tucker avait appris à bien connaître au cours de l'année écoulée étaient là aussi, y compris Alex et sa fiancée, Yvette.

Devant à gauche se trouvait l'oncle de Tucker, Ashton. Il irradiait de bonheur tandis que Sonora se tenait près de lui, le bras glissé sous le sien.

C'était exactement ce que Malachi avait dit. Un groupe de personnes qui les aimaient, Ginny et lui. Que Tucker aimait.

— Je vous laisse la parole, dit Malachi. Ginny, si tu veux y aller en premier ?

Tucker lui prit les mains tandis qu'ils se faisaient face. À se trouver là, dans le fenil, des ballots empilés autour d'eux d'une manière qui rappelait tellement le quartier général de leur opération « Prouve-Le », il se sentait comme de retour chez lui.

Ginny lui serra les doigts.

— Tu fais partie de Silver Stone depuis si longtemps que je me souviens à peine d'une époque sans toi. Et étant donné le faible que j'avais pour toi à l'adolescence, je dois avouer que je ne me souviens pas d'une époque où je ne t'aurais pas aimé. Mais quand j'y repense, je vois que ce n'est pas tout. Le passé était magnifique, ainsi que gênant et exaspérant, dit-elle avec ironie.

Des rires parcoururent l'assemblée.

— Ces deux dernières années aussi ont été magnifiques et gênantes, et parfois exaspérantes, mais elles ont été plus riches. J'ai partagé beaucoup de temps avec toi, sans barrières entre nous, avec un amour réel et solide sur la table.

Elle déglutit péniblement, ses yeux brillant vivement.

Tucker lui glissa derrière l'oreille une mèche de cheveux échappée, puis posa la main sur sa joue.

Ginny se redressa, toujours si forte. Toujours si prompte à le laisser lire dans son cœur.

— Je t'aime, Tucker. Je suis très heureuse d'avancer sur cette longue route avec toi. À travers les vallées, ou en gravissant les collines où nous pourrons nous attarder au soleil. Mais où que nous soyons, nous nous aimerons.

Trêve de bavardages. Tucker se pencha immédiatement et l'embrassa. Il remonta sa main pour rapprocher sa tête jusqu'à ce que l'angle soit parfait pour que leurs lèvres se pressent plus fermement.

Il mit tout ce qu'il ressentait dans ce geste.

Ce fut les rires qui le ramenèrent finalement sur terre.

Ginny cherchait son souffle quand il recula, mais son sourire était éblouissant.

— Un homme de peu de mots ?

— Oh, j'ai plein de mots, dit Tucker. Mais ils se résument à ça. Je t'aime. Je ne peux pas dire la même chose que toi au sujet d'un faible il y a des années, parce que ça aurait été déplacé, tout bien considéré. Mais je suis un homme suffisamment intelligent pour apprendre quand on lui donne une leçon. Tu m'as aidé à voir très clairement ce que nous étions censés être. Et si nous parlons de voyages, Malachi et toi avez raison. Nous avons déjà parcouru un bon bout de chemin ensemble. Cette journée rend ça un peu plus officiel. Et me donne une chance de dire devant toutes ces personnes que tu représentes tout pour moi et que je prévois de passer le reste de ma vie à m'assurer que tu le sais.

Ginny pencha légèrement la tête.

— Ooh, c'était mignon.

— Je t'aime, répéta-t-il.

Elle passa les bras autour de lui et l'embrassa, et des rires résonnèrent à nouveau.

Le petit rire tranquille de Malachi s'éleva près d'eux.

— Eh bien, on dirait qu'ils en sont déjà au moment où on fête ça, mais peut-être que nous devrions en finir avec les formalités. Y a-t-il des anneaux ?

Sasha tapota Chloé sur l'épaule, lui indiquant de s'approcher.

Harper s'avança aussi, les yeux écarquillés devant toutes les personnes qui leur souriaient, à elle et à sa sœur.

Ginny s'agenouilla pour accepter le panier de Harper. Elle jeta un coup d'œil à l'intérieur, puis émit un petit bruit de surprise.

Oh.

Tucker se souvint de ce qu'il avait découvert à temps pour attraper le chaton qui bondissait hors du panier de Harper.

— Hé, regarde ça, dit-il doucement à la petite fille. Un autre invité au mariage ?

— Elle m'aide avec la pague, dit Harper sérieusement. Tu vois ?

Un morceau de ficelle était attaché autour du ventre du chaton. Glissé dessus se trouvait le collier qui portait l'alliance qu'il avait achetée pour Ginny.

Tucker ne pouvait qu'imaginer ce qui se serait passé si le chat avait décidé de s'échapper avant ce moment de la cérémonie.

— Waouh. Heureusement que minette est là pour que je puisse prendre la bague et épouser Ginny.

Il défit prudemment le nœud, fit glisser la cordelette, le collier et la bague de la créature poilue avant de replacer prudemment le chaton dans le panier et de le rendre à Harper.

— Merci, ajouta-t-il.

Chloé souleva la deuxième chaîne par-dessus sa tête et la tendit solennellement avec la bague à Ginny.

— Je n'ai trouvé qu'une cordelette, alors je l'ai donné à Harper.

Ginny avait l'air prête à éclater de rire mais Tucker réussit à hocher la tête sérieusement.

— C'était très gentil de ta part. Merci d'avoir pris bien soin des alliances.

Les deux petites filles restèrent là, paniers à la main, comme si elles attendaient la suite du spectacle.

Il n'y avait aucune raison de les décevoir. Tucker resta avec un genou en terre pour que ses plus jeunes nièces aient une vue privilégiée. Il attrapa Ginny qui se redressait, la faisant asseoir sur sa cuisse.

— Est-ce que ma future épouse me fera l'honneur de me marquer, pour ainsi dire ?

Ginny se mit à rire et lança un clin d'œil à Chloé.

— Les alliances sont un moyen de dire que l'amour

continue pour toujours. Il tourne encore et encore, tout comme la bague. Tu vois ?

Elle la leva et la fit tourner son doigt plusieurs fois. Puis elle croisa le regard de Tucker, et la suite ne s'adressa qu'à lui.

— Et pour toujours, c'est le temps que je vais t'aimer, Tucker. Je te le promets.

Elle glissa l'anneau à son doigt, et la paix descendit sur l'âme de Tucker.

Il ne lui restait plus de mots sophistiqués. Il prit simplement l'anneau qu'il avait pour elle, le glissa à son doigt, puis lui embrassa les phalanges.

— Je t'aime, Ginny. Tellement.

Elle l'attrapa par les épaules et s'accrocha fort à lui.

Selon son vœu le plus cher.

Ouais, pour toujours.

9

———————

Début juin, lundi matin

Walker rêvait.

Il savait que ce n'était pas réel parce que les scènes ne cessaient de sauter d'un endroit à un autre. Il se trouvait dans les écuries à Silver Stone, effectuant des corvées à côté de ses frères. Il courait dans la cour de l'école, essayant de rattraper Ivy. Pendant quelques instants, il se retrouva allongé à côté de la cascade de Heart Falls lors d'une journée estivale, une couverture de pique-nique étendue au pied des arbres, Ivy levant les yeux vers lui, les joues rouges.

Un tourbillon de souvenirs plus tard et il passait par-dessus les chutes, agitant bras et jambes tout en tombant. Avant qu'il ne puisse toucher la surface du lac, il se retrouvait sur le dos d'un taureau, rebondissant violemment mais refusant d'abandonner.

Lorsque le signal sonore retentit, tout redevint absolument

silencieux, et il était dehors, dans son jardin, s'appuyant sur la clôture qui entourait leur petit manège et leur écurie.

La maison de jeux des filles se trouvait à quelques mètres, une douce lumière luisant par la fenêtre ouverte.

— Walker.

La pression sur son épaule était assez marquée pour transpercer ses rêves.

Il se tourna sur le lit et trouva Ivy en train de le regarder. La lumière qui filtrait par la fenêtre annonçait qu'il était presque l'heure de se lever.

— Bonjour.

Elle eut un rire moqueur.

— Tu chevauchais un taureau, n'est-ce pas ?

— Entre autres, répondit-il en l'examinant rapidement. Je ne t'ai pas fait mal, n'est-ce pas ? En agitant le bras ou autre chose ?

— Non, ça allait, lui assura-t-elle. Tu marmonnais beaucoup dans ta barbe. Et le compte à rebours de huit secondes était assez révélateur.

Il l'attira contre lui.

— Désolé de t'avoir réveillée.

Elle se rapprocha et sa main douce se promena sur son torse.

— Eh bien, nous voilà tous les deux réveillés maintenant. On pourrait trouver quelque chose pour passer le temps.

— Madame Stone, essaieriez-vous de me séduire ?

Ivy agita les sourcils.

— Est-ce que ça fait si longtemps que tu ne le vois pas ?

La porte de leur chambre couina en s'ouvrant lentement. Sans un mot, Harper s'avança à travers la pièce jusqu'au lit, du côté de Walker. Il se tourna pour s'allonger sur le dos, et deux yeux marron sérieux croisèrent les siens alors qu'elle tirait doucement sur la couette.

Après des mois à former une famille, ils avaient établi de chouettes routines. Les filles étaient heureuses. Ivy rayonnait, appréciant d'apprendre les ficelles du rôle de mère. Et le sexe impulsif, non prévu était devenu chose très rare pour Walker et Ivy.

Il faudrait qu'il dise à Caleb qu'il était désormais pleinement conscient de la difficulté de trouver du temps pour avoir de l'intimité avec des enfants. Son frère se régalerait avec cet aveu.

— Bonjour, Harper. Tu as besoin de quelque chose ? demanda Walker doucement.

Habituellement, elle grimpait simplement sur le lit du côté d'Ivy et ils la découvraient au matin.

Harper plissa le nez plusieurs fois, puis ouvrit et referma la bouche avant de tirer de nouveau sur la couette.

— Papa.

Changement qui faisait que son cœur se pinçait de fierté. Harper les appelait désormais *maman* et *papa* facilement. Chloé à l'occasion, mais ils y arriveraient.

— Oui ?

— Papa aide-moi, dit-elle en tirant encore une fois. Chloé a peur, mais papa peut aider.

— Chloé a peur ? Montre-moi, dit-il en repoussant les draps et en glissant les pieds dans ses pantoufles.

Il attrapa son sweat-shirt de la veille et l'enfila avant de suivre Harper hors de la chambre. Un cauchemar ? Ça semblait être un étrange moment pour ça, et jusqu'à maintenant Chloé n'avait pas eu de problème de ce genre.

Harper passa devant sa chambre et continua tout droit en courant. Walker passa la tête quand même dans la chambre, juste une seconde, mais les deux lits étaient vides. Les portes du placard étaient ouvertes, et des vêtements étaient éparpillés sur le sol.

Ivy se trouvait juste derrière lui.

— Qu'est-ce qui ne va pas ?

— Je ne sais pas encore, répondit Walker en filant dans le couloir puis dans la cuisine. Harper, où est Chloé ?

La cuisine présentait d'autres mystères et aucune réponse. La table était couverte d'une douzaine de sachets d'en-cas et de récipients à fruits vides.

— Merde, murmura Walker.

Que se passait-il ?

Harper l'attrapa par la main.

— Papa peut aider. Je dis à Chloé, mais elle a peur.

— Papa va vous aider, promit Walker. Où est ta sœur ?

Sa plus jeune fille pointa du doigt la cabane dehors.

La matinée était fraîche, mais pas froide. Walker ignora ses chaussures et sa veste et courut dehors en chaussons.

Rien n'aurait pu le préparer à ce qu'il trouva quand il ouvrit la porte de la cabane de jeux.

Chloé était là – Dieu merci ! – mais aussi son frère, Carter. Tous deux étaient pelotonnés comme des chatons abandonnés, enroulés dans le plaid moelleux qu'Ivy utilisait sur son fauteuil du salon.

Le visage de Carter était sillonné de terre et de traces de larmes. Aucun signe visible de blessures, mais aucun indice non plus pour comprendre comment il était arrivé ici.

Ils avaient convaincu Stéphanie de l'amener en visite une fois par mois. Ivy et Walker lui payaient l'essence et les nourrissaient, elle et Carter, quand elle venait. Et une semaine sur deux, Walker allait chercher Carter le samedi pour qu'il passe toute la journée avec eux. Passer du temps avec ce jeune garçon et voir combien il était heureux de jouer avec Chloé et Harper rendait à chaque visite plus difficile de le ramener.

Il était allé le chercher deux jours plus tôt, et Stéphanie

avait été très reconnaissante de la journée de repos sans avoir à s'occuper de lui.

Voir ce petit gars dans leur jardin était un choc.

— Carter. Chloé. Qu'est-ce qui vous arrive ?

Walker parla assez fort pour les réveiller mais s'assura que son ton reste doux.

Il pensait bien que, grâce au temps passé ensemble sur les trajets, le jeune garçon commençait à lui faire un peu confiance, mais lorsque Carter se réveilla et le remarqua, l'inattendu se produisit.

Le petit gars fila à travers la cabane et se jeta sur Walker.

— Je ne veux pas m'en aller.

La douleur transperça Walker. Ce n'était ni le moment ni le lieu pour discuter des problèmes d'accueil et des droits familiaux.

— Viens dans la maison. Chloé, réveille-toi, ma puce. Nous devons aller voir maman. Et Harper. Elle veut savoir que tu es en sécurité.

Chloé cilla en regardant Carter, qui s'accrochait à Walker comme une sangsue.

Elle croisa le regard de Walker.

— Il a mangé ses en-cas à table, dit-elle distinctement.

Comme si elle était fière qu'ils n'aient enfreint aucune règle.

— Tu es très sage. Maintenant viens. Nous allons prendre le petit déjeuner si vous avez encore faim.

Chloé lui prit la main. Walker retourna lentement à la maison avec sa fille à côté de lui et son frère dans ses bras.

Carter reniflait de temps à autre, mais il ne pleurait pas, et il ne le lâcha pas.

Ivy tint la porte ouverte et les laissa entrer sans poser de questions. Elle prit simplement Chloé et la serra fort contre elle.

— J'ai froid, maman, dit Chloé doucement. Et Carter a peur.

Walker s'installa sur une chaise, gardant Carter dans ses bras.

— Nous sommes là maintenant. Tu n'as pas à avoir peur.

Harper tapota doucement le dos de son frère.

— Papa va aider. Il promet.

Carter secoua la tête, toujours pressé contre l'épaule de Walker.

Seigneur. Il avait tant de questions !

Walker croisa le regard d'Ivy par-dessus l'épaule de Carter.

— Tu peux emmener Chloé prendre un bain pour qu'elle se réchauffe avant d'appeler Jennifer ?

— Oui, répondit Ivy en se levant et en prenant Chloé par la main. Tu viens avec nous, Harper.

Les filles quittèrent la pièce. Walker serra Carter bien fort.

— O.K., mon pote. Il est temps d'avoir une conversation d'homme à homme. Comment es-tu arrivé ici ?

— J'ai marché.

Seigneur. Walker souleva le menton de Carter et le regarda dans les yeux.

— De l'appartement de ta grand-mère jusqu'ici ? Ça prend au moins quatre bonnes heures pour moi.

Le visage de Carter se tordit à la mention de sa grand-mère.

— Elle est morte.

— *Quoi ?*

Walker cilla.

Le petit garçon de huit ans renifla, puis lutta contre ses larmes.

— Mamie ne voulait pas se réveiller. Je ne veux pas d'une nouvelle famille d'accueil.

Il s'efforçait de tenir bon, réussissant à peine à prononcer la suite.

— Si je déménage, je ne verrai plus Chloé et Harper. Chloé a dit que je pouvais vivre dans la cabane jusqu'à ce que je sois grand.

Même s'il avait essayé, Walker n'aurait pas pu retenir son geste. Il passa les bras autour de Carter et le serra bien fort contre lui. Il fit rapidement les calculs dans sa tête. Mamie qui ne se réveillait pas ? Ce devait être le matin précédent, ce qui voulait dire que Carter était tout seul depuis presque vingt-quatre heures.

Comment se faisait-il que personne n'avait vu un enfant de huit ans errer le long de la voie rapide ? D'ailleurs, comment Carter avait-il su comment aller d'une ville à l'autre ?

— Pour l'instant, tu vas rester ici. Nous devons parler à quelques personnes et voir ce qui se passe avec ta grand-mère.

— Elle est morte.

Cette fois, Carter parla avec tout autant de conviction que de pragmatique résignation.

Walker écarta ce problème pour l'instant.

— Tu as encore faim ? Mange d'abord, puis tu prendras un bain et je te trouverai des vêtements propres.

Le petit gars quitta précipitamment les genoux de Walker et s'essuya les yeux.

— Oui, j'ai faim.

Quand Ivy revint avec Chloé et Harper, Carter avait mangé la moitié d'un sandwich au fromage grillé et bu un verre de lait.

Les filles grimpèrent sur leurs chaises et prirent avec enthousiasme les assiettes que Walker leur tendit.

Harper hocha la tête vers son frère et sa sœur.

— Papa aide bien, les informa-t-elle avant de prendre une grosse bouchée de son sandwich.

Ivy se glissa près de Walker devant la cuisinière.

— J'ai réussi à joindre Jennifer. Elle va essayer de contacter Stéphanie. Qu'est-ce qu'il a dit ?

— Il pense que Stéphanie est morte. Il a eu peur et, crois-le ou non, a décidé de venir à pied jusque chez nous.

Ivy écarquilla les yeux.

— Oh mon Dieu !

— N'est-ce pas ? Du début à la fin.

Elle lança un coup d'œil à Carter.

— D'accord, en attendant d'en savoir plus, nous allons lui donner à manger et le débarbouiller. On va voir si on peut le convaincre de faire une sieste. Chloé dit qu'il l'a réveillée en tapant à leur fenêtre. Elle l'a laissé entrer dans la maison et lui a donné à manger, mais il ne voulait pas rester à l'intérieur.

— Pauvre gamin, dit Walker doucement en regardant les frère et sœurs qui bavardaient calmement.

Harper était la seule à être légère et joyeuse. Carter était plus sombre que d'habitude. Chloé avait toujours l'air inquiète, comprenant clairement que ce n'était pas une visite normale.

— Ils savent être discrets quand ils le veulent, dit Ivy avec inquiétude. Je n'avais pas idée que quelqu'un était dans la maison.

— Il est temps de prendre un chien, suggéra Walker malicieusement.

— *Walker.*

Ivy lui lança un regard éloquent. S'il mentionnait encore un chien près des filles, elle l'écorcherait vif.

— Je dis ça comme ça, un bon chien nous aurait prévenus que Carter était là.

Bon, alors ce n'était pas encore le moment. Mais prendre un chien *était* sur la liste... et ceux du ranch n'étaient pas chez eux.

Les enfants mangèrent leur fromage grillé, puis Ivy demanda aux filles de commencer leurs tâches habituelles pendant que Walker escortait Carter à la salle de bains. Il essayait désespérément de se souvenir à quel âge son frère avait mentionné que ses nièces faisaient leur toilette sans supervision.

Pas moyen. Le gamin avait besoin d'être propre, et Carter devait savoir qu'il y avait des adultes qui se souciaient de lui.

— Le savon et le shampooing sont là-bas. Nous allons utiliser les deux, dit Walker fermement, se rappelant que, lorsqu'il était gamin, se laver signifiait plonger sous l'eau puis de sortir aussi vite que possible.

Pendant que Walker faisait couler l'eau, Carter retira ses vêtements boueux et monta dans la baignoire. Le petit garçon trop maigre avec de la boue sur le visage avait les yeux pleins de tristesse.

Walker l'aida, versant du shampooing. Il savonna un gant et s'assura que Carter l'utilisait. Quand Carter fut propre et habillé d'une tenue d'emprunt créée des vêtements qu'ils avaient pu trouver, le petit garçon avait meilleure odeur, et ses paupières tombaient.

Il trouva un endroit aussi proche de Walker que possible sur le canapé et se pelotonna contre lui pendant qu'ils attendaient des nouvelles.

Harper s'approcha et l'étreignit.

— Ne sois pas triste, Carter. Papa a aidé, et maman aussi. Ils vont t'aimer.

C'était bien trop vrai. Walker croisa le regard d'Ivy lorsque le téléphone sonna.

Walker se demanda s'il était possible de cesser d'aimer encore plus ce petit garçon alors qu'il sentait jusqu'aux tréfonds de son être que Carter faisait aussi partie de leur famille.

10

────────

*I*vy se leva pour répondre au téléphone et aller dans la cuisine silencieuse.

— Jennifer ?

— Ouais, bonjour. J'ai des nouvelles pour vous et Walker. Comment va Carter ?

— Il va bien. Nous lui avons donné à manger, il a pris une douche, et il est sur le point de s'endormir sur le canapé. Comment va Stéphanie ?

— Elle est vivante. Mais est-ce que je peux vous parler, à Walker et à vous, sans que les enfants nous entendent, s'il vous plaît ? Ça m'épargnera de devoir l'expliquer deux fois.

— Une minute.

Ivy regarda dans le salon. Carter s'était pelotonné, la tête sur les genoux de Walker. Ses sœurs avaient pris des livres sur l'étagère et lisaient silencieusement, même si Chloé regardait surtout son frère.

Le regard de Walker était fixé sur Ivy, et lorsqu'elle lui fit signe d'approcher, il se détacha doucement de Carter.

155

— Les filles, restez ici avec votre frère. Maman et moi devons parler.

Le regard de Chloé le suivit pendant qu'il rejoignait Ivy dans la cuisine.

— Jennifer veut nous parler, annonça Ivy rapidement. Stéphanie est en vie.

— Mon Dieu, Carter va être ravi.

Mais l'expression de Walker se tendit, tout comme l'étau de peur autour du cœur d'Ivy.

Elle avait commencé à espérer qu'ils pourraient le garder, ce qui était un terrible aveu, puisque cela voulait dire qu'il aurait fallu que Stéphanie soit morte. Mais la vérité était la vérité.

Ivy voulait plus que tout que Carter fasse partie leur famille.

Elle mit son téléphone sur haut-parleur.

— Jennifer, Walker est là. Mais les enfants sont dans la pièce d'à côté, alors parlez doucement, s'il vous plaît.

— C'est bien comme ça ?

Ivy acquiesça, et Jennifer continua :

— Stéphanie a été retrouvée dans son appartement. Elle a fait une crise cardiaque tôt dimanche matin mais a survécu. Elle est à l'hôpital en ce moment et veut savoir si vous pouvez garder Carter.

Ivy déglutit péniblement. Elle était déçue et pourtant... elle accepterait ce qu'elle pouvait pour le bien de Carter et de ses sœurs.

— Bien sûr. De combien de temps aura-t-elle besoin ?

Walker lui étreignit les doigts, les yeux hantés par la même tristesse.

— Non, vous ne comprenez pas, dit Jennifer encore plus bas. Stéphanie a renoncé à tous ses droits familiaux. Son fils lui avait déjà abandonné les siens, et elle dit que, même quand elle aura récupéré, elle ne sera plus capable d'élever Carter. En tant que parents de ses sœurs, vous êtes désormais les premiers en ordre de priorité si vous voulez l'adopter...

— Oui.

Walker et Ivy l'avaient dit exactement au même moment.

Surgi de nulle part, la joie s'éveilla au fond du cœur d'Ivy.

— Oui, nous le voulons vraiment, assura-t-elle à Jennifer.

— Je suis d'accord, dit Walker clairement. Que devons-nous faire ?

— Attendre une heure que j'arrive chez vous ? Je suis à l'hôpital. Stéphanie a déjà signé les papiers. Je dois venir récupérer vos signatures, et Carter sera votre fils.

Ivy n'arrivait plus à parler. Elle pouvait à peine respirer. Ça semblait impossible.

Les bras forts de Walker l'enveloppèrent alors qu'il prenait le téléphone de ses doigts tremblants.

— Jennifer, merci. Vous ne pouvez pas imaginer à quel point nous sommes heureux !

— De rien. Je pense qu'une autre personne aussi va être très heureuse. Enfin, trois autres personnes, mais surtout Carter. Voulez-vous attendre que je sois là pour lui dire ou le faire maintenant ? Parce qu'en ce qui me concerne, vous êtes bons pour le service.

Ivy lança un regard vers le salon. Les filles lisaient toujours silencieusement, et Carter était profondément endormi, désormais recouvert de la nouvelle couverture préférée de Harper.

Walker avait suivi son regard.

— Il dort. Nous allons improviser. À très vite.

Il posa le téléphone sur le plan de travail et attira Ivy dans ses bras.

Le corps de celle-ci tremblait d'une émotion incontrôlable. Une joie éclatante, un vestige de peur.

— Il est vraiment à nous ?

— Vraiment.

La voix de Walker se brisa presque.

Ivy s'écarta assez pour prendre son visage entre ses mains.

— Je suis désolée d'avoir répondu sans que nous en parlions.

Il lui lança un grand sourire.

— Tu as remarqué que j'ai fait la même chose ? Mais, Neige, nous en *avions* parlé. Souvent. Nous avons dit tous les deux que nous aimerions améliorer la vie de Carter, et maintenant nous pouvons.

Ivy posa la tête sur son torse et regarda les enfants dans le salon. *Leurs* enfants, à elle et Walker. Leurs enfants, qu'ils élèveraient et dont ils s'occuperaient.

Qu'ils aimeraient.

Walker chuchota doucement :

— Laissons-le dormir encore un peu, mais je pense que nous devrions lui parler avant que Jennifer n'arrive. Il s'inquiétait d'être emmené dans une nouvelle famille d'accueil. Étouffons cette crainte dans l'œuf.

— Je suis d'accord.

Mais Ivy resta encore un agréable moment contre Walker, qui lui donnait de la force, offrant son amour et son soutien en retour.

Harper commença à remuer, abandonna son livre et grimpa sur le fauteuil d'Ivy pour rebondir sur le coussin. Elle chantonnait une comptine pour apprendre à compter qui parlait de chevaux, de chiens et de poules.

Chloé se glissa sur le canapé près de Carter. Il remua puis se redressa brusquement en remarquant sa sœur. Il tourna la tête sur le côté, et quand il remarqua Ivy et Walker qui s'approchaient, le soulagement brilla dans ses yeux, aussitôt remplacé par l'inquiétude.

— Tu dois encore être fatigué, avança Ivy doucement en s'asseyant sur le canapé près de lui.

Carter haussa les épaules.

Walker s'installa sur la table basse en face d'eux. Un regard rassurant posé sur Carter.

— Nous avons des choses importantes à vous dire, à toi, Chloé et Harper. Mais d'abord, ta grand-mère n'est pas morte. Elle est très malade, mais elle va aller mieux. D'accord ?

Un cri étouffé échappa à Carter.

— Elle ne voulait pas se réveiller, insista-t-il.

— Parce qu'elle était malade, mais elle reçoit des soins, maintenant, répéta Walker avant que son regard ne file vers Ivy. Mais elle aura besoin de plus de repos à l'avenir et il faudra qu'elle soit très prudente pour rester en bonne santé. Alors elle nous a demandé, à Ivy et moi, de nous occuper de toi.

Carter écarquilla les yeux et agrippa la main de Chloé.

— Vous serez ma famille d'accueil ?

Ivy prit sa main libre. Walker mit la sienne autour des leurs, les pressant fort, protecteur, transmettant comme toujours sa force.

— Ce n'est pas temporaire, dit Ivy doucement. Nous serons tes parents pour toujours, comme pour Chloé et Harper. Tu seras notre fils.

Elle s'attendait à une réaction... des larmes peut-être, davantage de confusion.

Ce qu'ils reçurent fut deux enfants qui s'étaient élancés.

Carter se jeta sur Ivy, la serrant de toutes ses forces alors qu'il pleurait contre son cou. Chloé bondit presque sur Walker. Elle pleurait ouvertement, ses sanglots attirant Harper pour voir ce qui se passait.

La fillette regarda son frère et sa sœur en larmes, et pendant une seconde, sa lèvre inférieure trembla comme si elle était sur le point de pleurer par solidarité.

À la place, elle inspira profondément puis tapota le dos de Chloé.

— Tu vois ? Papa aide bien.

Elle se tourna vers Carter et offrit le même contact apaisant, puis se rapprocha pour dire à Ivy :

— Maman, les câlins améliorent tout.

Ivy lutta pour garder contenance. Elle était transportée par la joie qu'elle ressentait et la laissa imprégner ses paroles.

— Je suis contente. Es-tu heureuse, Harper ?

La petite fille hocha la tête, puis regarda la cuisine.

— J'ai faim. Je peux avoir un en-cas ?

Ivy se mit à rire.

— Oui. Allons préparer un en-cas tous ensemble. Jennifer sera bientôt là. Elle a les papiers qui permettent à Carter de rejoindre notre famille. Nous devrions préparer un en-cas supplémentaire pour elle.

Parce que même si les enfants appréciaient Jennifer, Ivy ne voulait pas que l'arrivée de l'assistante sociale fasse croire à Carter qu'elle risquait de l'emmener.

Ivy serra de nouveau Carter contre elle, s'étonnant de la sensation du petit garçon solide au creux de ses bras. Elle lui leva le menton.

— Tu veux venir aider maman et Harper à préparer des en-cas ?

Il s'essuya les yeux puis hocha la tête.

Quand Jennifer arriva, les en-cas étaient sur la table, les verres de jus de fruit servis, et une fête impromptue prête à commencer.

Jennifer entra dans la maison dès que Walker eut répondu à la sonnette, lançant un coup d'œil aux enfants rassemblés à table.

— Bonjour, Carter. Dure journée, hein, mon petit ?

Il hocha la tête.

Elle s'approcha d'Ivy et l'étreignit.

— Il me faut juste quelques minutes, promit-elle avant de s'installer sur la chaise à côté de Carter. Tu as entendu que ta grand-mère va s'en sortir, non ?

Carter renifla, puis hocha de nouveau la tête.

— Ça fait peur, hein ?

— Ouais.

Il regarda fixement les papiers que Jennifer sortait de son sac à bandoulière.

— Ils ont dit que j'avais le droit de rester ici, ajouta-t-il.

— Ivy et Walker ont déjà fait tout ce qu'il faut pour avoir le droit d'être tes parents. Ce dont j'ai besoin, maintenant, c'est qu'ils signent quelques-uns de ces papiers.

Elle lui ébouriffa les cheveux une seconde.

— Je suis presque sûre que je connais la réponse, mais je suis censée poser la question. Est-ce que tu veux rester ici avec Chloé et Harper ? Est-ce que ça te convient que M. et Mme Stone deviennent tes parents...

— Oui.

Carter avait répondu avant même qu'elle n'ait terminé sa question. Il hocha la tête comme un petit oiseau devant une mangeoire.

— Je les aime bien. Et Chloé, et Harper. Je veux être avec mes sœurs.

Jennifer croisa les mains, affichant un air ravi.

— Bien, alors, laisse-moi te les voler un instant.

Elle se leva et s'approcha vivement de l'îlot. Un instant plus tard, elle avait étalé des papiers et tendait un stylo à Ivy.

— Ce sont les mêmes que ceux que vous avez signés pour Chloé et Harper. Un transfert de droits familiaux et une adoption définitive. Nous devons les déposer au tribunal, alors vous n'aurez pas les papiers officiels avant peut-être six mois, mais il n'y a personne côté famille qui pourra contester vos droits. Vous avez déjà passé longtemps à attendre. Il n'y a aucune raison de faire patienter patienter quiconque.

Les papiers étaient familiers, et Ivy se dépêcha d'ajouter son nom.

Walker suivit, puis attira Ivy contre lui.

— C'est tout ?

— C'est tout, dit Jennifer joyeusement en souriant à Carter. Te voici officiellement membre de la famille Stone.

Il cilla, baissa la tête et regarda fixement la table. Même à quelques pas de lui, Ivy pouvait voir les larmes qui roulaient le long de ses joues rouges. Chloé passa les bras autour de lui et le serra fort contre elle.

— On t'a péparé un en-cas, informa Harper en tirant sur la manche de Jennifer et en lui tendant un sachet coloré rempli de céréales. On fait la fête.

— Je m'en doute, dit Jennifer gentiment en acceptant le cadeau. Laisse-moi prendre ça pour la route, si ça ne te dérange pas. Je dois rentrer à la maison voir ma petite fille.

— Merci de faire tout ça aussi vite, dit Walker en la raccompagnant vers l'entrée.

— C'est normal, répondit Jennifer en glissant les pieds dans ses chaussures avant d'ouvrir la porte. Je vous renverrai cette semaine vos copies de tous les derniers documents que j'ai maintenant. Et puis, je contacterai Stéphanie pour voir quand vous pouvez aller chercher les affaires de Carter.

— Vérifiez si elle peut recevoir des visiteurs, s'il vous plaît ? demanda Ivy en lançant un coup d'œil à Carter. Je sais qu'il aimerait voir par lui-même qu'elle va bien.

Jennifer hocha la tête.

— Entendu. En attendant, félicitations. Et merci. Je suis contente que Carter puisse compter sur vous.

Quand Jennifer fut partie, la maison sembla étrangement

silencieuse. Ivy posa la tête contre le torse de Walker, qui ramena le bras pour l'étreindre.

Pendant qu'elle regardait leur famille... de cinq personnes, désormais.

La *joie* n'était pas un mot assez grand pour ce qu'elle ressentait.

ÉPILOGUE

Six semaines plus tard

Du sang coulait du nez de Carter, mais son expression annonçait plus de fierté que de frayeur.

— Tout était super jusqu'à ce que cette branche casse, annonça-t-il avec entrain.

Walker se fit violence pour ne pas sourire puis pensa *et puis merde.*

— Tu as de la chance de ne pas t'être cassé le bras, fit-il remarquer à son fils tout en pressant son mouchoir contre le nez de Carter, le comprimant pour endiguer le flux. Tu as de la chance que tes sœurs ne t'aient pas suivi.

Carter haussa les épaules.

— Chloé dit que grimper sur les arbres, c'est pour les écureuils. Et Harper l'a déjà fait la semaine dernière.

Dieu tout-puissant !

— Évidemment.

Les trois enfants étaient comme larrons en foire, mais chacun d'eux s'avérait être aussi différent des deux autres que possible. Walker n'arrivait pas à s'y habituer et n'y tenait pas vraiment. Chaque journée passée à découvrir qui ils étaient, et où ils allaient, l'émerveillait.

Même s'il craignait que les habitudes de casse-cou de Harper ne lui donnent des cheveux blancs avant ses frères. Jusqu'ici, Walker l'avait découverte à marcher sur la ligne de faîtage de l'écurie, à jouer les funambules sur la clôture du manège et à grimper sur le rebord de la fenêtre de la chambre qu'elle partageait avec Chloé pour sauver une araignée.

Ivy avait simplement souri et dit :

— On croirait qu'elle a tes gènes, Dynamite.

De beaux souvenirs s'accumulaient déjà.

La grand-mère de Carter était encore fragile, mais ils avaient emmené Carter et les filles lui rendre visite. Stéphanie ne semblait toujours pas follement investie à l'idée de passer du temps avec son petit-fils, mais elle avait semblé touchée que Walker et Ivy aient pensé à venir.

Qui savait ce qui pourrait se passer à l'avenir ? Mais pour l'instant, rester en contact était la meilleure des choses à faire.

Carter s'appuya contre Walker, remuant le nez pendant qu'il époussetait ses bras.

— Est-ce que nous allons toujours chez mamie Sophie et Papy pour le dîner ?

— Tu penses que tu en es capable ? demanda Walker, juste pour voir ce que le gamin dirait.

Ils étaient officiellement une famille de cinq personnes depuis un peu plus d'un mois. Toute la famille de Walker et celle d'Ivy avaient été aux anges quand ils avaient annoncé que Carter avait aussi rejoint le clan.

Le petit garçon avait rendu cet amour sans réserve, surtout quand il s'agissait d'avoir d'autres gars autour de lui. Le père d'Ivy avait un grand succès, ainsi que les frères de Walker, en particulier Dustin.

Maintenant, Carter hochait vigoureusement la tête, écartant le mouchoir pour vérifier sa narine avec ses doigts.

— Ça s'est arrêté. Je veux vraiment les voir. Et le petit ami de tata Rose. Il est censé avoir un accent cool.

— C'est ce que j'ai entendu dire.

Le rencard des enchères de célibataires annuelles de Rose avait attiré l'attention de toute la famille. Il semblait bien plus sérieux que ses précédents petits amis. D'où l'invitation au dîner familial.

Walker examina son fils, admirant la couche de terre et de poussière. Il aurait pu jurer que le gamin était propre une demi-heure plus tôt.

— Va prendre un bain. Puis va voir ta mère. Elle pourrait avoir des corvées pour toi avant qu'on y aille.

— D'accord.

Carter partit en courant.

Walker se glissa prudemment dans la maison, prêt à rincer le sang avant que quiconque ne le remarque.

Aucune chance d'y arriver. Ivy se tenait à côté de l'îlot, supervisant Chloé qui transférait avec soin des biscuits sur une plaque de cuisson.

Ivy remarqua instantanément les taches faisant office de preuves.

— Il est encore à peu près entier ? demanda-t-elle.

— Son nez est un peu cabossé, mais il va bien, la rassura Walker avant de diriger son attention vers Chloé.

— Miam. Quelque chose sent bon. Est-ce qu'il y en a un pour moi ?

— Maman et moi préparons les biscuits préférés de mamie.

Chloé posa la spatule et prit un des biscuits au sucre qui refroidissaient sur la plaque. Elle s'approcha et le lui offrit.

— Celui-là est pour toi, papa.

Il ne pensait pas que le frisson d'entendre ce titre disparaîtrait un jour. Pas pour lui, ni pour Ivy.

— Spécialement pour *moi* ?

Elle hocha la tête et regarda Ivy, puis quand elle vit que sa mère plaçait la plaque dans le four, Chloé mit la main contre sa bouche et chuchota :

— Je l'ai fait super gros.

— Exactement comme je les aime. Merci, chaton.

Il lui lança un clin d'œil.

Ivy les regardait avec un doux sourire et un plaisir évident.

— Tu veux prendre une douche avant que nous allions chez mes parents ? Nous avons le temps.

— Bonne idée.

Après ses corvées dehors ? Absolument.

Il marqua une pause pour voir ce que manigançait la plus jeune.

Il trouva Harper dans la salle de lecture qui donnait sur l'extérieur, dos au couloir. Elle avait placé des jouets en rangée sur le canapé et le repose-pied... Des animaux en peluche, des poupées, des astronautes.

— C'est ta famille. Tu vois ?

Harper leva son élan usé et lui présenta les autres un par un.

— C'est gamman, et gampa. Tata Tansy, et tata Rose, et tata Fern. Tonton Caleb et tata 'mara.

Elle passa en revue chaque membre de la famille sans rater pas une seule personne.

Walker écouta jusqu'au bout puis s'éclipsa sans être vu, rempli d'émerveillement.

Ils passèrent un moment en famille avant de sortir tous pour dîner. Ivy venait de terminer d'aider Harper à enfiler son manteau. La petite dernière chantait comme d'habitude. Carter se roulait sur le sol, émettant ce que Walker supposait être des sons de taureau. Chloé tenait le sac de biscuits fraîchement cuits avec de la fierté dans les yeux et un sourire aux lèvres alors qu'elle regardait son frère.

Walker présenta son manteau à Ivy.

— Est-ce que tu imaginais que ce serait comme ça ? demanda-t-il doucement.

Elle glissa un bras autour de lui et le serra fort, son regard dansant sur leur famille.

— C'est tellement plus que j'aie jamais rêvé ! admit-elle. Et le mieux dans tout ça, c'est que je peux profiter de chaque minute avec toi.

Ses yeux étincelèrent.

— Je t'aime, ajouta-t-elle.

— Je t'aime aussi.

Il lui lança un grand sourire et accepta volontiers son baiser, les enfants dans les jambes. Le chaos et l'amour de l'instant brillaient d'un précieux éclat.

Lorsqu'il rompit leur baiser, Ivy chuchota les seuls mots qui manquaient encore :

— Même si je pense que nous pourrions avoir besoin d'un chien.

Walker jeta la tête en arrière et se mit à rire.

La famille, pour toujours.

J'espère que vous avez apprécié toutes ces histoires, notamment le tout nouvel aperçu de la famille d'Ivy et Walker, maintenant. Le prochain tome dans la collection de Heart Falls est une nouvelle qui s'intitule *UNE NUIT QUI CHANGE TOUT*.

Vivian Arend, auteure de best-sellers au classement du *New York Times*, vous invite à Heart Falls. Même après la fin de l'histoire, *leurs* histoires continuent. Cette série d'instantanés et de novellas se déroule dans l'univers de Heart Falls et met en scène des couples et personnages annexes déjà rencontrés.

Recueil de nouvelles Heart Falls
Tome 1: Trois mariages et un bébé
Tome 2: Soirée entre filles
Tome 3: Une nuit qui change tout
Tome 4: Rendez-vous avec le destin
Tome 5: Chaleur à Heart Falls

Vivian fait actuellement traduire ses nombreuses séries. Merci de consulter son site web pour toutes les dernières informations.
www.vivianarend.com/fr

À PROPOS DE L'AUTEUR

Avec plus de 3 millions de livres vendus, Vivian Arend est une auteure de best-sellers figurant aux classements du New York Times et de USA Today. Elle a écrit plus de 70 romances contemporaines et paranormales.

Ses livres sont des romans intégraux qui peuvent se lire indépendamment de toute série et ne se terminent pas sur un suspense. Ce sont des histoires pleines d'humour et d'émotions, avec des moments sensuels et des fins heureuses. Vivian estime avoir le plus beau métier au monde. Elle habite en Colombie-Britannique, au Canada, avec son mari depuis plusieurs années (l'inspiration de chacun de ses héros et un compagnon volontaire pour toutes sortes d'aventures).